Gaea

Gaea

After Sun Goes Down

日落後

長篇11

星子——著
BARZ——插畫

日落後

角色介紹

張意

原本是只想好好過日子的黑社會，但擁有能抵抗黑夢的結界潛力，被「晝之光」頭目伊恩相中成為接班人。在台中與黑摩組的攻防戰中，意外發現自己能藉著之前到手的莫小非黑夢戒指，與黑夢中的壞腦袋溝通……

長門櫻

伊恩的養女，晝之光夜天使的成員，以三味線為武器。因為幼時的悲劇，聽不見，也無法說話，平時靠白色九官鳥神官與外界溝通。共患難後，認定張意為人生伴侶。

伊恩

晝之光的創辦者與首領。在黑夢結界中遇到張意，發現了張意對抗黑夢的潛能，選擇了張意作為自己的接班人。因為鬼噬咒，現在只剩下一隻手與一隻眼。在協會魏云醫生的幫助之下，延長了開眼時間。

摩魔火

紅毛蜘蛛，伊恩的隨身侍從，也擔任晝之光夜天使教官，自稱是張意的「師兄」。利用蛛絲操縱張意的四肢在戰場上活躍。最怕的是被封在伊恩愛刀七魂裡的老婆——雪姑。

孫青蘋

與外公種草人孫大海相依為命、目標成為私家偵探的大學生。遭黑摩組攻擊失散後，與靈能者協會除魔師盧奕翰及夜路同行。輾轉來到古井結界，向穆婆婆學習操控神草，慢慢累積實力、與協會眾人一齊對抗黑夢……

盧奕翰

靈能者協會的除魔師。體內封印著餓死小鬼，能將吃入肚子的食物轉化為施法戰鬥用的魄質，不過平時都讓小鬼沉睡著，只在必要時刻喚醒。

夜路

作家，代表作為《夜英雄》系列。同時也是轉包靈能者協會外包案件的仲介人。體內被封著鬆獅魔與老貓魔駱有財，可以靠著這一貓一狗作戰。

安娜

獨來獨往的異能者，平時接受協會的外包案件、賺取酬勞。人脈寬廣、手腕高明。因為操使著一頭長髮，而被通稱為「長髮安娜」。成功將穆婆婆帶離宜蘭後，在台中與協會共同構築防禦中……

郭曉春

天才傘師。能自由揮灑從爺爺阿滿師處學得的家傳絕技——十二護身傘。現在與爺爺會合，祖孫一起守著穆婆婆。

老金

五百歲虎魔，十餘年前與伊恩聯手對抗四指，暴雨夜大戰後被協會治好異食癖，隱居多年。如今為了助老友一臂之力，渡海來台協助伊恩進攻黑夢。平時喜歡化身男童模樣。

硯天希、夏又離

硯天希是大狐魔硯先生的女兒，人狐混血的百年狐魔。小時候因為重傷而失去肉身、被封印入夏又離體內。因緣際會，夏又離與黑摩組相遇，也發現了天希。又離與黑摩組決裂後，成為靈能者協會列管的異能者，繼續過著與天希共用身體的日子，最後捲入黑夢大戰，輾轉來到宜蘭。

雖然天希腦袋混亂，導致他們互搶身體主導權、暴走多次。而後在宜蘭古井結界之戰時，天希竟然煉成了魔體，不過兩人身體仍連在一起……

黑摩組

原本隸屬於黑組織四指，但經過一連串瘋狂計畫，終於掌控了四指。以安迪為首，還有宋醫生、莫小非、邵君與鴉片等，被稱為黑摩組五人，當年眾人都沒想到過這瘋狂的小組織，將會為日落圈子帶來最恐怖的夢魘。他們以西門町為中心建立起黑夢結界，帶來了混亂與絕望。在宜蘭古井結界與穆婆婆等人硬碰硬，甚至取得了優勢，但後來遭畫之光援兵與醒來的伊恩重傷而暫時撤退。但是他們馬上調整了計畫，準備奪取協會存在台中維持防線的魄質來壯大黑夢……

日落後

日落後
—長篇— 11

目錄

01心目中的家

「現在幾點了？」

「三點十二分。」

「兩點四十七……」

從妖車小陽台垂下的神草黃金葛莖藤上，一片片翠綠葉子，模樣與平時相差極大，並非是那慣見的心形，而是捲成了喇叭狀。

那條莖藤垂入駕駛座，一路延伸進妖車車廂尾端。

盧奕翰窩在駕駛座上，捏著黃金葛莖藤，將其中一片捲成喇叭狀的葉子對著嘴巴，再將另一片喇叭狀葉子湊近耳朵，便能與窩在小陽台中的青蘋對話。

盤坐在後車廂尾端的夜路，則將黃金葛莖藤盤在頭頸上，讓兩片喇叭狀葉子罩著耳朵，嘴前也湊著一片喇叭葉片，就像是戴著一副具有麥克風功能的耳機般。

青蘋捏著黃金葛莖藤，抱著膝窩在二樓小陽台土堆上的黃金葛墊上，倚著百寶樹的樹身。由於小陽台空間太小，有時她會調整姿勢，將腳伸進加蓋車廂裡，或是將腳伸出小陽台欄杆，掛在駕駛座窗外。

「怎麼你們兩個人說的時間不一樣？」青蘋透過那黃金葛話筒問。

「我筆電上的時間是三點十二分。」夜路一面敲著鍵盤，一面答。

「我手機上的時間是兩點四十……八分了。」盧奕翰望著車窗外。

妖車停在這猶如體育館一般的寬闊空間裡，遠處壁面上斜斜長著各式各樣的古怪招牌，大部分的招牌都是黯淡的，但也有些招牌閃著奇異光芒。

壁面上還有許多大大小小的窗，有些窗子也透著光，暗紅色或是灰青色的光；窗中彷彿有人，那些人不停重複著同樣的動作，有些人影像是在打小孩子，有些人影像是掩面哭泣。

「黑夢會讓時間錯亂。」安娜的聲音也輕輕地自黃金葛傳聲筒中響起，她倚坐在長椅上，身旁的郭曉春閉眼睡著，阿毛蜷成一團，縮在郭曉春那長椅底下，化成男童模樣的老金，則躺在另一側長椅上呼呼大睡。

「看我的時間最準，現在接近三點整。」安娜一手捏著黃金葛話筒，一手托著一隻長髮娃娃，娃娃的雙手彷如時鐘指針般，正好擺在三點整的位置上。

「哇，安娜妳怎麼偷聽我們講話？」夜路回頭望著車廂長椅上的安娜，說：「妳也想加入我們的神祕小俱樂部嗎？」

「啊……安娜姊，是我們太大聲了嗎？」青蘋將聲音壓得更低，說：「奕翰、夜路，把話筒更貼近嘴巴，聲音才不會流出去。」

「沒事，我只是睡不著，看見地上有你們的『電話』，隨手撿起來聊聊。」安娜說：「這車子又硬又小……嗯，曉春跟她的狗，還有那隻大老虎倒是睡得很熟。妳上面情況如何？二樓車廂比我們底下更小，張意跟長門能好好休息嗎？」

「他們……」青蘋聽安娜這麼問，便挪了挪身子，望了望加蓋車廂裡的情形，只見張意捏著一本小筆記本，和長門並肩坐著，利用夾在筆記本上的LED小燈作為照明，像是在寫著什麼。青蘋說：「他們也沒睡，好像寫字聊天……聊得挺開心的樣子。」

「什麼，筆交？」夜路挺直身子，瞪大眼睛說：「是了，長門小姐耳朵聽不見，張意也不懂手語，他們必須透過神官溝通；聽說他們是未婚夫妻，夫妻之間還是有些話不方便讓第三者傳遞，所以趁著夜深人靜的時刻筆交！」

「交你個頭……」盧奕翰說。

「我是說——用筆交談。」夜路正經地說。「奕翰你必須檢討一下自己的內心世界。」

夜路還沒說完，便聽到頭頂加蓋車廂裡的張意發出笑聲，像是聽見夜路說的話。加蓋車廂垂下一條銀亮亮的蛛絲，捲上夜路腳邊那黃金葛莖藤，塞進其中一片喇叭狀葉子裡，張意的聲音也傳入眾人「話筒」裡。

「夜路大哥，你講話不要那麼靠北啦，我在畫我未來的房子耶……」張意這麼說。

「畫房子？」「原來摩魔火兄用蛛絲也能跟我們的頻道連線？」眾人聽張意這麼說，都不明白張意說的「畫房子」是什麼意思。

「我在畫我未來的新家啦……」張意一面繼續在筆記本上塗塗畫畫，一面對著摩魔火造給他的蛛絲線麥克風說：「如果我們成功幹掉黑摩組，天下太平之後，老大打賞給我的錢，應該夠我買間房子了，嘿嘿！」

張意那筆記本上畫著一個歪七扭八的住宅隔間平面圖，那是個三房兩廳的格局。寬闊的客廳裡有和室桌、有沙發、有電視，還有張方正小供桌，桌上畫著一撇彎彎的痕——是七魂。

主臥室裡有張大床，床旁有座化妝台，化妝台旁有張小沙發。張意在小沙發上畫了個看不出是什麼的小東西——那是長門的三味線。

跟著，張意在陽台的位置畫上一高一矮的兩個火柴人，他們一齊望著遠方，再循著兩個火柴人的視線，畫出一抹彎彎新月。

「以後我們要住這麼大的房子。」張意在筆記本上，寫下幾個字——

這是我們以後的家。

數十分鐘前，張意對長門聊起自己的家。

張意因爲爸爸和叔叔欠下賭債的緣故，幼時搬過無數次家。他記得每一次搬家的經過，記得每一個新家的模樣。但眞要他敘述一個個新家彼此間的差異時，他卻又說不太上來，因爲過去他每一處新家，都是相同的窄小、陰暗和破舊，除此之外，也瀰漫著一種隨時會有討債凶徒破門而入，或是不知何時又得趁夜舉家逃亡的不安氣氛。

即便後來自己獨居，他那廉價的小雅房和過去也沒有太大差異，甚至更小、更陰暗些。

過去他從來也沒想過自己將來能夠擁有一個「像家的家」，家裡還有一個美麗的妻子。

他的肩膀和胳臂貼著長門軟馥馥的身子，鼻端嗅到她髮梢飄出的香氣，加蓋車廂小方窗上透進遠處那堆古怪招牌的霓虹燈光，使得這小空間裡產生一種奇異的迷幻感，令張意覺得自己雖然身處在黑夢裡，卻好似正作著美夢一般。

懂得多國語言的神官，將張意那歪七扭八的字翻譯成弦音。長門仔細聽了，微微一笑，從張意手中接過筆，將筆記本上主臥房旁另一間小房修得方正些，再畫上一個小嬰兒床，床上還躺著一個小火柴人，火柴人的嘴裡還叼著一只奶嘴。

「這是我們的……」張意望著那小嬰兒床，心中有些微微的激動。他看了身旁的長門一眼，見長門眼睛清澈閃亮，只感到和她胳臂貼著胳臂似乎遠遠不夠，他想要和她更接近點、再接近點。

但他才稍微挪了挪身子，立時見到攀在他手上的摩魔火頭胸上那堆大小複眼同樣也閃閃發亮，便只好將滿腹感動和激動又全吞回了肚子裡。

張意接回筆，在小嬰兒床旁邊畫了些小汽車、小木馬、小機器人，還在那小嬰兒床上的小火柴人胯下，畫了個小雞雞。

長門噗哧一笑，用腦袋蹭了蹭張意的臉，見神官焦慮地擠在她懷中盯著那筆記本，不時抬頭望她，像是在詢問著自己在這個家裡的身分。

長門從張意手中奪回筆，在嬰兒房的窗邊，畫了個大大的鳥窩，窩旁也擺著幾樣小玩具。

神官這才露出心滿意足的神情。

摩魔火則伸出毛足，指了指三房兩廳格局中的最後一間空房。

「師兄，這間我想當作視聽室耶，把隔音做好一點，弄個大螢幕或是投影機，搞得像是ＫＴＶ包廂一樣，讓大家在裡面唱歌看電影，我一個人也可以在裡面打電動，多爽！」張意低聲搖頭，像是無法接受摩魔火的要求，他拿回筆，在客廳擺放七魂的供桌旁另外畫了張小桌，還在桌上畫個大箱子，又在箱子裡畫了隻蜘蛛。

「我不住魚缸……」摩魔火見了那醜箱子，不禁有些惱怒，卻又怕吵著一旁的伊恩斷手，便攀到張意耳邊說：「我自己會織網當床，我又不是寵物……」

「那……」張意只好說：「隨便你織網，這間房間讓我布置成視聽室啦，可以招待我們畫之光的兄弟姊妹們耶……」

張意還沒說完，長門又接回筆，在那空房裡畫了一張單人床，再畫一張小書桌和一架鋼琴，然後在空白處畫了個抱著洋娃娃的小火柴人。

「哇！要生兩個啊！」張意只好改口：「好吧，這間當成姊姊的房間……」

「那我呢？」

小八的聲音陡然從神官背後發出，他和英武不知什麼時候也擠了過來，偷看張意和長門規劃未來的家。

「我的小窩呢？」小八硬是從神官背後擠過，擠近那筆記本還伸出爪子，在「姊姊房間」的窗邊刮出幾道痕，說：「我的小窩要放在這裡。」

英武則是啄了啄陽台位置，說：「我可以睡陽台，陪你們看月亮。」

「你們跟我們又不是同一家！」神官終於忍不住，低聲叱罵：「你們不是有自己的家嗎？」

「是啊。」小八說：「但是你們有這麼大的房子，擺幾個窩招待客人會怎麼樣，婆婆也招待過你們呀！」

神官聽小八搬出穆婆婆，只好說：「穆婆婆可以來，你們不能來，這是我們家，不是你們家。」他說到這裡，轉頭瞪著英武，說：「尤其是你，我跟你沒交情，我不准你來我家。」

「你跟我沒交情，但伊恩老大跟老孫有交情、老孫跟我有交情、我跟青蘋有交情，青蘋正幫伊恩老大種人身果呢……」英武歪著頭說：「我以爲晝之光有恩必報，不會那麼小氣。」

「誰說晝之光小氣了。」摩魔火不悅地說：「不過就是個鳥窩，你們隨時想來就來，長門小姐也不會趕你們。」

「那我的小窩要擺這裡。」小八指了指主臥房床頭。

「不行，這裡是長門小姐的房間……」神官氣憤地想討價還價。

「長門小姐才不會跟鳥計較……」英武用爪子指了指筆記本上主臥房大床上的枕頭，說：「我的小窩擺小八旁邊好了。」

英武知道神官心思敏感、佔有慾強，便故意帶著小八來激他，還用腦袋蹭了蹭長門胳臂：「我和小八可以跟張意一起陪長門小姐睡覺，神官你可以在門外守夜。」

「不行，這……你們……」神官焦躁地撲動翅膀，他一面與小八和英武鬥嘴的同時，還必須盡責地將小八和英武的話，翻譯成弦音讓長門知道，慌亂之下有些錯亂，又見到英武在長門身上蹭來蹭去，便氣憤地說：「你爲什麼碰長門小姐的手？長門小姐的身子是你這種亂七八糟的鳥可以碰的嗎？」

「什麼亂七八糟的鳥，我可是高貴的鸚鵡。」英武哼哼地說：「我光這身五彩繽紛的羽毛，就價值連城了。」

「我是小八、我是八哥，我值八十八萬億元。」小八在一旁幫腔，也用腦袋蹭著長門的臉蛋，還將身子埋入長門一頭黑髮裡。「英武，你看，我會隱身！」

長門倒不太介意英武和小八與她親暱，反而呵呵笑著摸了摸他們的頭。

「唔，那我……」神官見長門不但沒推開小八和英武，反而開心逗弄他們，一下子氣惱得不知如何是好，轉頭瞥見小陽台上朝裡頭張望的青蘋，便飛了過去，也撲在青蘋肩上對著她的身子磨蹭起來，還朝著加蓋車廂裡頭喊：「你們碰我們長門小姐，那我也要碰你們家小姐。」

「隨便你碰呀。」英武嘿嘿笑著說：「我又不像你一樣小氣。」

「超大型白文，底下的貓狗人跟肌肉人也給你碰。」小八這麼說，還撲到張意胸膛上蹭來蹭去。

「誰要碰那些沒水準的傢伙呀！」神官氣得幾乎要將腦袋塞進青蘋領口裡，突然又憤怒地探出頭來，說：「我說過很多次了，我不是白文鳥，我是九官鳥！」

「二樓發生什麼事？」盧奕翰聽見黃金葛話筒裡傳出一陣陣青蘋被神官磨蹭搔癢而發出的笑聲，不解地問。

「我哪知道，好像是三隻鳥在鬥嘴爭寵的樣子。」青蘋笑著說。

「你們在聊什麼那麼開心？」硯天希的聲音也從眾人話筒裡傳了出來。

她和夏又離窩在加蓋車廂頂部露台上的黑藤帳棚裡，裡頭也布置著針陣；她聽見底下動靜，探頭見到青蘋那黃金葛竟能當成電話來用，心裡覺得有趣，卻又不想放低身段向青蘋討來玩，便畫咒將黑藤變化得像那黃金葛喇叭狀葉子一樣，捲上黃金葛莖藤，強行與他們連線。

「天希妳也加入我們的聊天室了嗎？」夜路一面敲著鍵盤，隨口問。「又離呢？聽說二樓在規劃未來家庭成員，那你們三樓呢？想生幾個孩子？」

「你也扯太遠了。」夏又離也抓著一條黑藤話筒回答夜路。「我跟天希的身體還連在一起，就算解開了釘魂針，也不曉得會不會留下後遺症……怎麼生啊……」

「怎麼大家都醒著？現在到底有誰在休息？」安娜皺著眉頭問：「我這裡只有曉春跟大老虎睡著……伊恩老大呢？他得好好休息，我們還得靠他保護呢。」

「老大在七魂裡，應該睡得挺安穩。」摩魔火說。

「小蟲哥有在休息。」盧奕翰望了望一旁副駕駛座上的小蟲。

「老子沒睡。」小蟲突然睜開眼睛，扠著手說。「聽你們整晚嘰嘰喳喳怎麼睡？」他這麼說時還瞥了盧奕翰手上那話筒，說：「拿那什麼鬼喇叭葉子講話跟沒拿一樣，那拿了幹嘛？」

「咦？沒用嗎？可是我聽得見大家聲音啊。」青蘋聽見底下小蟲說的話，連忙檢視起手上的黃金葛。

「幹我沒拿喇叭葉子也聽得見大家聲音啊！」小蟲翻著白眼說。

「別急、別急……」夜路說：「現在太多人連線，這樣誰跟誰說話都搞不清楚了，可以回歸一開始的狀態嗎？閒雜人等請離開，謝謝——」

他這麼說時，陡然感到頭頂上方傳來一陣凶悍魔氣，連忙改口：「天希妳別誤會，我不是趕妳走啊，妳別……」

加蓋車廂露台上的黑藤帳棚陡然撤去，硯天希高高站起，一雙狐狸眼睛橙光閃爍，銳利地掃視四周。

長門則是抓起三味線飛快竄出小陽台，擠在青蘋身邊，瞪大眼睛左顧右盼。

老金也睜開了眼睛。

伊恩斷手也睜開了眼睛。

窩在郭曉春腳下的阿毛也睜開了眼睛，不安地擠出長椅，蹭了蹭郭曉春的小腿，使郭曉春也睜開了眼睛。

一陣叮叮噹噹的音樂聲輕輕地響起。

幾片巨大布幕從這寬闊大空間遠處壁面前垂下，拼湊在一起，足足有數十公尺長、十餘公尺高，比電影院裡的螢幕還要大上許多。

錯落的巨大布幕群前，轟隆隆升起一座像是演唱會舞台般的鋼鐵平台。

寬闊的鋼鐵平台上有張巨大椅子，椅子上坐著一個人。

即使那鋼鐵平台與妖車距離遙遠、即使光線昏暗、即使那人只是坐著，妖車上眾人也能約略瞧出那人體格高大胖壯。

巨大空間的天花板喀啦啦地變化著，一條條金屬支架堆疊生長，竄出幾支聚光燈，啪擦啪擦地與平台上幾盞聚光燈同時亮起。

光束聚集在那男人身上，也照亮了他坐下那張巨大華美、鑲滿鑽石珠玉的黃金大椅，以及鋪在大椅底下那張嚇人熊皮。

長門自妖車小陽台躍下，她微微彎弓著身子，在落地時順手撥音彈出的銀流，在她背後化出一張巨大的閃電狀骨翼；她的神情如同冰霜，視線彷彿像是一把冷冽利劍，像是迫不及待穿透鋼鐵舞台上那胖壯男人的腦袋或者胸膛。

她雙膝一彎，正要往前突衝，胳臂卻被自加蓋車廂小窗竄出的伊恩斷手一把抓住——

「聽我命令。」伊恩斷手獨目藍光閃耀。「不准擅自行動。」

長門聽了神官翻譯，點點頭，往後略退兩步。

張意在摩魔火催促下，連滾帶爬地抱著七魂自加蓋車廂裡躍下，來到長門身邊，也伸手拉了拉長門，只感到長門胳臂發出一陣陣顫抖。

「操他奶奶的，又是這些敲鑼打鼓窮吵人的王八羔子！」老金在妖車窗旁往外看，氣呼呼地摳著耳朵。「之前和他們打一架，老子我耳朵到現在還嗡嗡響個不停……」

「寶鑽金椅熊皮獨臂……那男人是四指天之籟的頭目，齊藤鬼兵！」安娜自車廂裡望著遠處鋼鐵舞台上那男人，連忙從隨身提袋裡翻找出一個灰色小袋，灰色小袋裡裝著一枚枚捲成圓管狀的符紙——不久之前，他們聽說老金與天之籟一場激戰下受了內傷，知道天之籟鬼音厲害，便準備了這一袋能夠抵擋魔音的符籙耳塞。

安娜拋出幾枚符籙耳塞給夜路和郭曉春，再以長髮捲著更多耳塞，迅速分送給其他人，吩咐他們將符籙耳塞塞進耳朵。

這些耳塞的符紙材料是協會的鎮魔符，再由明燈親手寫上能夠抵擋天之籟魔音的咒語，揉成圓管狀，塞在耳朵裡依然可以聽見外界動靜，卻能抵消八成以上的魔音效力。

「齊藤……鬼兵？」青蘋在小陽台接過安娜長髮捲上來的符籙耳塞，將耳塞塞入耳裡，繼續翻著筆記本，找到天之籟那頁細細讀起——不久之前，伊恩在對老金敘述與天之籟樂手大戰時，大略提過天之籟的頭目齊藤鬼兵，據說是個貪婪暴戾且奸險狡猾的傢伙，那時伊恩並未形容齊藤鬼兵的模樣，只說自己曾經與之交手，且斬下他一條胳臂。

在青蘋的想像中，齊藤鬼兵是個瘦小陰沉彷如溝鼠般的怪胎，此時遠遠見到了本人，才知道齊藤鬼兵體格雄壯，像是個暴發戶大富豪。

巨大布幕群上，映著齊藤鬼兵的上半身影像，他的面容看上去約莫六十餘歲，但他那巨大雄壯的體態和霸氣神態，令人不會將「年邁」這樣的詞彙與他聯繫在一塊兒。

「好久不見啦，伊恩……」齊藤鬼兵穿著一身酒紅色西裝，左臂西裝袖子垂著；他的左手在多年前，被伊恩以虎咬刀斬下，斷手還被伊恩順著刀勢施出的符術炸成灰燼。

「很多年前，你毀了我一隻手，現在，你整個人只剩下手啦？」他用右手調整了掛在耳際和頸間的翻譯靈綴飾，說：「這下子糟糕了……你拿什麼還我？」

「按照你的算法，就算我全身完好無缺，也還不了欠你的債。」伊恩冷冷笑著說。

「這倒沒錯。」齊藤鬼兵呵呵笑了笑。「不論是誰，從我口袋拿走一毛，我都要他償還千萬；你拿走我一條手，那代價很大很大，大到連我自己也無法估算了——」

「你不妨估算一下，你從別人那兒奪走的東西，該用什麼還？」伊恩這麼說。

許多年前，齊藤鬼兵奪走了長門的父親和母親，以及她的聽力和聲音。

「我從不奪走屬於別人的東西，因爲那些東西本來就屬於我的。」齊藤鬼兵咧嘴大笑。「這個世上，只要被我看中的東西，就是我的。」

「就像是妳，長門。」他這麼說的時候，緩緩站起身，望著長門，說：「妳長門家世世代代，包括妳父母，還有妳，都是我天之籟、我齊藤鬼兵的私人財產。可妳竟然反抗我，跟隨伊恩離開了我天之籟，還到處殺我的人、破壞我的財產。妳欠我的債，就算花費一千年，都很難償清了……而就在不久之前，妳又狠心奪走了我的兒子……」

「那個蠢蛋，不聽我的指揮，擅自行動……」齊藤鬼兵歪著頭，在舞台上緩緩踱步，他從西裝口袋裡掏出一支伸縮短棒，一抖，短棒變成數十公分的銀色長棒，長棒前端有顆拇指大小的骷髏頭雕飾。

這猶如體育館的寬闊空間裡，天花板持續變化，生出更多巨大聚光燈，以及一具具大型擴音喇叭，四周迴盪著的樂聲也更爲洪亮。

齊藤鬼兵揚手抖了抖那骷髏指揮棒，四周樂聲竟然能夠按照齊藤鬼兵的指揮起伏變化。

這樂曲沉重哀傷，且包藏著濃濃的威嚇意味，像是出戰之前的號角宣示；樂曲裡不時出現的極重低音，令整個寬闊空間的地板和壁面都微微震動起來，連身處妖車裡的眾人都能透過車身感到那陣陣震動。

妖車眾人都本能地按了按耳裡的符籙耳塞，提高警覺。

「雖然那蠢蛋總是和我作對，雖然他驕縱自傲其實又沒有太大才華……」齊藤鬼兵站定了腳步，腳下鋼鐵平台轟隆隆震動起來，開始變形，在他身後升起一圈圈環形階梯狀構造。

同時，那一圈圈環形階梯上敞開一個個大大小小的方洞，方洞中升起各式各樣的古怪樂器和樂手。

那些樂器一樣比一樣碩大、一樣比一樣古怪——

幾座碩大的低音喇叭，每個喇叭口都有麻將桌那麼大，用金屬支架架在地上，比負責吹奏的樂手還高上一大截；幾面大鼓直徑接近兩公尺，鼓手則有一層樓高，手上的鼓槌則像是粗長的腿骨；幾支碩大的大提琴比尋常家戶門板還大，須要左右兩名樂師同時抓著一根特製的長琴弓拉弦，外加一人雙手按弦，一共三人才能彈奏；一座巨大的豎琴有一層樓高，琴後的女人胳臂和十指長得不可思議；一架巨大的鋼琴比尋常鋼琴寬闊了三倍，琴鍵數量多得嚇人，長椅上並排坐著四個琴師——

其中一人，是先前隨著齊藤龍二進攻三重結界的千花，那時長門殺去除了千花以外的所有天之籟成員，讓千花抱著齊藤龍二的腦袋離去，就是爲了向齊藤鬼兵示威。

此時，齊藤龍二的腦袋，被擺放在那鑲鑽黃金大椅旁一張高腳小圓桌的銀盤子上。

「但他終究是我兒子……」齊藤鬼兵緩緩步回他那黃金大椅，凝視著銀盤上齊藤龍二的腦袋。

此時巨大環形平台上除了一座座巨型樂器顯得格外醒目之外，也有幾十名樂手持著中小提琴、各種喇叭、簧管和模樣古怪的敲擊樂器，分立在幾條環形平台上。

這是個超過百人編制的交響樂團，迴盪四周那沉重悲傷的樂曲，便自這樂團奏出。

「是我齊藤家族一脈單傳的骨肉啊……」齊藤鬼兵伸手拍了拍齊藤龍二的腦袋，轉頭望著佇在妖車前的長門，說：「長門、伊恩，你們說……這筆帳，我該怎麼跟你們算？」

「過去很多年……晝之光一直想跟你好好把所有帳算清楚。」伊恩冷冷笑著說：「只是你一直像隻滑溜的老鼠，永遠能夠在我們腳步到達之前逃到遠方，現在，聽說我變成一隻手，你終於才敢露面了。」

「你既然知道我狡猾得像隻老鼠，那麼也應該明白，我必然做了萬全準備來向你討債啦！」齊藤鬼兵瞪大眼睛，咧嘴大笑——他的笑容映在巨大布幕群上，看來豪氣萬千。「伊恩、長門，你們做好心理準備了嗎？這是我爲你們獻上的一齣大戲呀，多虧了安迪老弟牽線，讓我天之籟能和世上最好的木偶家族共同演出——」

齊藤鬼兵笑聲未歇，舉著骷髏指揮棒輕輕一揚，本來悲壯得彷彿要滴出血、榨出淚來的沉重樂曲，一下子轉變成愉悅開朗宜人的輕快曲子；倘若閉上眼，彷彿像是身處在遼闊的美麗花園裡，迎著微風奔過一團團春暖乍開的花。

同時，四周更多白色布幕猶如滾筒衛生紙般，自天花板那複雜錯亂的鋼鐵支架間垂下，布幕上閃動著令人眼花撩亂的光彩和影像。

長門身子猛地一顫。

那些影像中，有許多是她的父親和母親在世時的畫面。

有些是生活記錄、有些是帶著她出席公開場合時的情景。

這些畫面，是天之籟透過異術從長門父母腦袋裡提取出來的眞實記憶。

眾人此時正透過以前長門父母的雙眼，看著他們曾經看見的生活片段。

見到了幼年時的長門，那笑容可掬的活潑模樣，聽見了她那如同風鈴般清脆甜美的笑聲和說話聲。

啪啪——幾束聚光燈打在妖車和齊藤鬼兵舞台間的空曠地面上。

有三個人自空垂下。

那三個「人」，露在衣外的手腳和肩頸關節處，都有明顯的銜接機關，且臉孔五官雖然十分逼眞，卻也明顯看得出是木造材質。

那是三具木偶。

是長門的父母，和幼年時的長門。

四、五歲大的長門木偶，捧著一把與她身高差不了多少的三味線，那三味線與現在的長門使用的三味線，幾乎一模一樣。

「是西班牙木偶團。」伊恩沉沉地說：「大家別掉以輕心。」

「西班牙木偶團呀……那是教我操偶術的前輩，過去拜師學藝的地方呢……」安娜從車窗往外望，微微吸了口氣，從身旁行李中掏出一隻日式長髮木偶，在手中秤了秤——這趟行程她隨身只帶著十餘隻小型人偶，大多作為偵查、警戒之用。

「妳的小娃娃能和那種大娃娃打架嗎？」夜路蹲在一旁低聲問。

「當然不能。」安娜搖搖頭。「操偶打架不但得耗費更多心力，玩偶本身也須要特別製作，還要經過長時間的修煉。我這些玩偶都是百貨公司或是精品店裡買來的裝飾品，頂多幹點偵查之類的工作，打不贏專業士兵的……」

車頭，盧奕翰和小蟲已分別下車；車尾，郭曉春也下了車，高高舉起護身傘，令阿毛將一把把傘拋給十二手鬼接著；加蓋車頂上，硯天希和夏又離高高望著四周。

「張意——」青蘋在小陽台上捏著黃金葛備戰，同時朝著張意拋去一顆人身果。

張意接著青蘋拋下的人身果，緊張地將果子遞給伊恩斷手，東張西望地說：「老大……好怪，我覺得那個傢伙……」

「嗯，我也感覺到了……」伊恩斷手接過人身果，卻未有所行動，獨目盯著遠處舞台上的齊藤鬼兵。

「小子，像以前一樣，擒賊擒王？」老金也下了車，來到伊恩身邊，揉了揉鼻子，臉孔和身軀緩緩變化成大虎模樣。「如果那傢伙仍是以前那個齊藤鬼兵，三分鐘足夠我們撕碎他了。」

老金抬起巨大虎掌，在長門腦袋上輕輕拍了拍。「讓那醜陋的傢伙多站在長門眼前一秒，我都覺得噁心呀……」

「別急。」伊恩獨目眨了眨說：「有點不對勁，他必定有十足的把握，才敢在我面前現身。」

「太慢了、太慢了……」齊藤鬼兵坐回他那黃金大椅，還調整了那擺放著齊藤龍二腦袋的小圓桌角度，像是想讓齊藤龍二看清楚底下那齣木偶戲。

他見到長門父母的木偶一左一右牽著長門木偶輕盈漫步時，忍不住嚷嚷起來：「快轉、快轉，講重點呀，不然要演到什麼時候？」

三具木偶登時像是影片快轉般飛梭竄動起來。

四周布幕的影像同樣快轉切換。

時光彷彿一下子跳躍了好遠，閃動在一道道布幕上那小小的長門身影，似乎長大了些，底下那飾演長門的小木偶，樣貌和衣著竟也不時變化，維持著與布幕上的長門影像相同的時光步調。

長門父親木偶跪在地上，一手摟著長門母親木偶，一手摟著長門木偶，仰著頭，像是在哭泣。

「那個時候，他應該在向妳們告別吧。」齊藤鬼兵又站了起來，高高抖了抖指揮棒，令交響樂團將曲調轉爲哀傷悲悽。

三具木偶演的這一幕，正是許多年前，長門父親決定將自己的身體獻給天之籟，作爲製作樂器的材料，以換取妻女安全的某個訣別夜晚。

長門父親木偶在妻女臉上親吻之後，緩緩站起，轉身奔向齊藤鬼兵那交響舞台。

鋼鐵舞台前端鋪出一條金屬階梯，讓長門父親木偶踏著階梯一路直奔到齊藤鬼兵腳下，撲通跪了下來，低垂著頭。

齊藤鬼兵抖了抖指揮棒，黃金大椅左右嘩啦啦落下一群模樣古怪的木偶，手持古怪利刃，飛快俐落地將長門父親木偶肢解開來。

四周布幕上飛梭閃動著的畫面，竟是長門父親當年被肢解時的記錄畫面。

噹——

長門重重撥下一記弦，身子箭一般地往前飛衝，幾道銀流在她身後旋繞竄起，竄成支支銀矛，閃電般射向遠處那座鋼鐵舞台。

齊藤鬼兵望著朝他迎面射來的銀矛，竟不避也不閃，仍從容地揚棒指揮樂曲。

三支銀矛穿透齊藤鬼兵的身子、一支銀矛擊碎了小圓桌上齊藤龍二的腦袋——

長門陡然停下腳步，驚訝地望著遠處舞台上那身子插著三支銀矛，卻像是沒事般持續指揮演奏的齊藤鬼兵。

齊藤鬼兵的動作一點也沒受銀矛影響，又往前走出幾步，任由三支銳長銀矛在他那胖壯身子扯出巨大裂口。

裂口裡沒有淌下一滴血，且立時飛快癒合。

小圓桌上那被擊碎的齊藤龍二腦袋也化爲幾縷青煙，又在黃金大椅上聚合，恢復成原狀。

長門仰起頭來，皺眉環顧四周，儘管舞台上那齊藤鬼兵散發出的氣息，與過去沒有太大差異，但顯然並非實體——而是以黑夢擬化出的假身。伊恩在此之前便已察覺，戴著莫小非戒指的張意也早一步感應出那假身的異狀。

「長門，回來。」伊恩苦笑地說：「就算我變成了一隻手，但還是夜天使的隊長呀，妳怎麼違抗隊長命令……」

長門聽了神官翻譯，這才縱身退回妖車前，單膝在張意面前跪下，低垂著頭，像是在等待伊恩的責罰。

張意在雪姑蛛絲操縱下拉起長門，讓七魂朝長門傾去，伊恩斷手在長門臉上輕捏了捏。

「張意，抱著她。」伊恩緩緩地說：「長門，有些事情不用勉強自己面對，有我站在妳面前、有張意站在妳面前、有老金大哥站在妳面前，在這世上，妳並不是一個人。」

張意抱住了長門，望著遠處的齊藤鬼兵。

他這輩子看過許多醜惡的人，當年喪鼠的醜惡令他齒顫膽裂，眼前齊藤鬼兵的醜惡卻令他心中除了氣憤之餘，還產生濃重的噁心感。

「哼哼、哼哼！」齊藤鬼兵扯著喉嚨，揚起指揮棒，指著長門說：「可愛的櫻呀——妳怎麼背對著我，這場戲就是爲了妳而上演的呀，妳看、妳快看，妳父親變成多麼棒的材料啦，替我天之籟造成好多好棒的樂器呀！妳怎麼還窩在其他男人身上？快看哪！」

「齊藤鬼兵！」伊恩大聲說：「眞沒想到安迪這麼賞識你，他連黑夢力量都願意給你用了。」

「各取所需罷啦。」齊藤鬼兵哈哈笑著說：「我齊藤鬼兵天不怕地不怕，就怕你伊恩。你以前有沒有照過鏡子呀？你生氣時的樣子好嚇人呀……但我現在擁有這種神奇力量，再也不怕你啦，哈哈哈哈！」

02極度悲傷的木偶劇

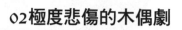

「現在操縱周遭黑夢的人是那個天之籟頭目？」夜路擠在妖車裡，瞪著眼睛望著遠處高台上的齊藤鬼兵，說：「安迪終於把黑夢的權限下放給四指各地頭目了嗎？」

「黑夢權限有層級分別，最早我們碰上的那兩個嘍囉也能用黑夢……」盧奕翰站在車外，回頭對著妖車窗內的夜路說：「但就不知道這傢伙能夠動用什麼層級的力量，不過很明顯強過以前那些嘍囉……」

「對耶，你不說我都忘記那兩隻雜魚了……」夜路想起先前他倆從宋醫生手下荒木和狂筆那小據點裡，救出青蘋時的經過，當時荒木和狂筆也擁有一張能夠操縱黑夢的小木牌。

「他們害怕張意的力量，寧可釋放更多權力，讓其他四指成員使用更高層級的黑夢力量來對付我們？」安娜這麼說。

「對。」車外伊恩斷手補充：「順便讓艾莫和麗塔觀察張意究竟如何透過那個戒指，操縱黑夢，來壓制其他使用黑夢的人——安迪得到打手和活生生的實驗材料，齊藤鬼兵則妄想自己得到了強大的力量，果然是各取所需。」

「伊恩！」齊藤鬼兵像是聽得見妖車那兒的對話，他大聲說：「你不必挑撥離間，你不看看自己現在的樣子，你都變成一隻手了，就算不靠黑夢，我也能踩扁你、擊敗你；我要把你的手拆開來，抽出一根根骨頭——我想換支新的指揮棒哈哈哈！」

「那你何必以幻影露面，直接出來踩扁我不好嗎？」伊恩冷冷地說。

「我喜歡，怎麼樣！」齊藤鬼兵大笑說，同時揮揚指揮棒，持續指揮著交響樂團演奏，一面像個旁白般解說著這齣木偶戲的後續發展。「時間過得好快，多虧了長門有敬的奉獻，讓我天之籟多了幾樣至高寶物！但我好貪心，既然是至高寶物，幾樣怎麼夠？我要更多，還要更多、更多！那麼，能夠造出更多至高寶物的材料，究竟該去那裡找呢——當然是長門母女呀！雖然長門有敬奉獻出自己的身體，求我讓他妻女自由；雖然我也答應了他……但我仔細想想，這不太對呀！長門有敬明明是我天之籟的私有財產，私有財產要怎麼用，就怎麼用，怎麼還能換取額外的報償呢？就像是你口袋裡有一千元，難道必須另外付出兩千元，才能使用那一千元嗎？太不合理啦，你們說是不是！」

齊藤鬼兵說完，長門木偶和母親木偶飛快動作著，再度快轉起來，像是度過了一天又一天。

長門木偶身形也更高了些，像是又長大了兩歲。

同時，更多木偶落了下來，其中有具木偶，神似伊恩。場景快速變化，迴盪在四周的音樂曲調再次變得悲悽，長門母女的木偶跪在伊恩木偶面前。

張意記得自己看過這景象。

他知道接下來那木偶戲的發展，便索性閉起眼睛，將嬌小的長門抱得更緊一些，讓她將臉埋在自己胸上。

他不曉得如何才能抹平割入心中的傷口，他只想盡力找出齊藤鬼兵的眞身；他的意識飛梭流動，同時隱隱感到艾莫和麗塔其中之一，正遠遠地監視著他，他不敢像上次一樣飛遠去找壞腦袋幫忙，他擔心又會被那對神奇夫妻逮個正著；他只能循著四周黑夢力量的軌跡，仔細探找那齊藤鬼兵的藏身之處。

張意感到齊藤鬼兵的黑夢權限層級並不如莫小非那幾人那麼崇高，至少他未曾感到齊藤鬼兵試圖以黑夢控制眾人心智；但齊藤鬼兵似乎做足了功課，熟練地以最保險的方式操縱著黑夢；扣除那些木偶、交響樂團之外，齊藤鬼兵此時展現出來的黑夢力量，對眾人而言似乎並不算是太大威脅。他大費周章指揮這齣木偶劇，像是刻意瞄準了長門的心靈來攻擊，像是在報復她斬下獨子腦袋的仇似地。

木偶群再次飛梭動作起來，一群木偶圍繞在長門母女身邊，躁動地抓住了長門母親木偶，架住了長門木偶。

伊恩木偶則飛梭退遠，靜靜地等待著再次登場。

「那一晚，怎麼不找我？」老金焦躁地在張意身邊繞了繞，不時揚動尾巴拂過伊恩斷手和長門的腦袋。

「那時你在度假呢……」伊恩苦嘆一聲，當年他與老金合作，四處狩獵四指成員，清單上時常列著十幾項目標，同時追擊，天之籟與長門一家的恩怨，在當時只是伊恩名單上其中一件不起眼的案子。

由於老金與伊恩是合作夥伴，而不是伊恩手下，有時也會私自暫離一段時間，或者休息度假、或者獨自進行任務；伊恩與長門母女會面那段時期，老金正遠在海外曬太陽，順便監視當地一支令伊恩介意許久的四指組織。

在伊恩與長門母親約定好的那夜，帶齊了人馬準備去接長門母女，卻被天之籟搶先一步闖入長門家中，令長門眼睜睜地看著自己的母親，從完整的一個媽媽，變成了數箱樂器材料。

無數條布幕上，閃動著當時那些天之籟成員和惡鬼持著攝影機拍下的畫面。盧奕翰捏緊拳頭咬牙切齒、小蟲面無表情低頭吸煙、安娜默默無語地替娃娃梳起頭髮、夜路強按著想要出來咬人的鬆獅魔、郭曉春臉色煞白地蹲下抱住阿毛。

「你們這些混蛋！爲什麼可以嬉皮笑臉做出那麼可惡的事？」青蘋站在妖車小陽台上，捏著黃金葛發出怒吼，令數條黃金葛藤蔓飛快竄長，化爲長鞭，大葉燃起金色火焰，倏倏地往那木偶群鞭去。

一條條神草黃金葛將那飾演天之籟鬼鼓陣的木偶群炸得騰空四散。

伊恩木偶同時登場，揚著一把刀，穿梭在鬼鼓陣木偶群間飛梭亂斬，青蘋那黃金葛炸出的金色火焰，正好與那夜伊恩虎咬刀的金火相仿，無意間成了這木偶劇的華麗特效。

「因爲那樣好玩。」齊藤鬼兵哈哈笑著，指揮棒揮得更快，令樂曲變得激昂快速。

「對對對，聽說當晚，伊恩就是踏著這麼嚇人的火，斬死我好多人！」

長門木偶在四處突竄的火焰中，被其他木偶押回交響舞台上，令她在齊藤鬼兵的黃金大椅前跪下。

大椅前豎起一張金屬病床，同時圍繞著一群古怪木偶。

長門木偶被按在金屬床上，瞪大眼睛側躺著，幾個古怪木偶湊上前去，盯著她的耳朵瞧個不停，跟著，將奇異的器具深入長門木偶的耳朵裡。

白色布幕上出現那時長門落淚的模樣，四周迴盪起令人心碎的哭聲。

這哭聲也變成長門在失去聲帶前，最後爲人所知的聲音。

長門在那場漫長手術裡，失去了聽力和聲音。

在伊恩找到她之前，那只是地獄裡的第一日。

「伊恩，你還在等什麼？」老金不耐地磨起牙來。「我耳朵快受不了了，吵死人了，我快要氣炸啦……話說回來，當初你們那什麼鬼協會，何必多管閒事，治好我的異食癖呀？雖然雲遊四海尋找美食確實辛苦又麻煩，但我現在覺得，這個齊藤鬼兵很可能是幾百年來，我從未嚐過的美味呀……」

「就差一步，張意就快找到了……」伊恩淡淡地說。「你想嚐他的腿還是他的手？」

「嗯……」老金過去那古怪的食惡人癖早被協會治好了，他聽伊恩這麼問，便盯著齊藤鬼兵的身影稍微幻想了一下他那胖壯身體各個部位的滋味，竟噁心得連連乾嘔起來。

「都不要了，我覺得好噁心啊……」老金將巨大虎身蜷成一個圈，裹著張意和長門，將尾巴繞過他們後背，最後纏上自己腦袋，遮著耳朵，令傳入耳中的長門木偶哭叫聲小一些。

齊藤鬼兵陶醉地指揮著悲壯的樂曲，配合著迴盪在碩大空間裡那重複播放的哭號聲，繼續令台上木偶們持續飛梭演出著第一日之後的種種地獄情境。

「不愧是擁有長門一族血脈的掌上明珠，眞是一塊至高無上的美麗珍寶呀！從頭頂到腳底，每一吋皮膚、每一根頭髮，都是最上等的樂器材料！我怕浪費了這麼寶貴的材料，才會每天慢慢看著她、慢慢想著她，慢慢構思每一個絕妙設計。我召集了天之籟所有樂器設計師，替我畫出許多好棒的設計圖，偏偏——你這可惡的伊恩！你這個不講理的大強盜！竟然從我手中搶走了櫻！還毀了我一隻手！」齊藤鬼兵一面持續指揮音樂演奏，一面憤怒斥責著伊恩。「我構思這麼久、花費好多心血，結果只得到兩樣寶物——神之聽力跟絕美聲音。」

布幕上，映著長門被取出的聽覺器官和聲帶，浸泡在骷髏杯裡的詭怪液體中，綻放著奇異的光芒。

「僅剩的兩樣寶物，可花了我好多時間，終於想出了最棒的用途……」齊藤鬼兵揚臂一揮，樂章陡變，肅穆而悲壯的曲調又轉變成輕快逗趣，彷彿從隆冬飛梭到新春、從死亡走向重生。

台上台下數十具木偶手勾著手跳起舞來，且空中落下更多木偶，一個牽著一個繞成好幾層圓圈不停繞轉。

在那圓圈陣中，豎起兩座高台，站著兩名少女。

她們一個身穿黑衣、一個身穿白衣，都蓄著一頭與長門相仿的長直髮。

她們的年紀似乎比長門更小幾歲，身高與長門差不多，就連長相都有七分像。

她們手上各自端著一把小提琴。

一直將臉埋在張意懷裡的長門，彷彿感應到了什麼，顫抖地轉過頭，不敢置信地望著那兩個被木偶群簇擁圍繞的黑白衣女孩。

「你……」伊恩斷手獨目大張，藍光閃動，似乎也對這兩個女孩的模樣和氣息感到吃驚。

「你想問我做了什麼？」齊藤鬼兵哈哈大笑。「我先拆了長門有敬，再拆了他妻子，這對美麗的夫妻的一切我都留著，他們的血肉骨骼、五臟六腑都有用處，他們的生殖系統，當然也有用——我替櫻造出了一對雙胞胎妹妹呀，嘿嘿！」

「櫻，妳高不高興？」齊藤鬼兵瞪眼大笑，揚著指揮棒。「妳多了兩位妹妹，甚至不只是妹妹呀；我從妳身體裡取出的東西，已和她們合而爲一了，她們不但是妳的妹妹，也是兩個更完美的妳！」

兩座高台上的黑白衣少女微微笑著，一個拉了拉自己耳朵，一個輕聲一喊：「姊姊——」

那清脆如鈴的聲音，與過去的長門相差無幾。

原來長門的聽覺器官被移植進黑衣少女耳中；長門的聲帶則被移植進白衣少女的頸裡。

「哈哈哈哈，我連名字都替她們取好啦。」齊藤鬼兵哈哈大笑說：「喂，把妳們的名字告訴姊姊！」

「我是齊藤黑霧。」黑衣少女這麼說，還張開手掌擺在耳後，說：「姊姊妳的聽力，讓我可以聽見每一個人的心跳，聽見你們的血流過血管的聲音；我聽得見你們在害怕、在傷心、在生氣，我只要想聽，就聽得見喔。」

「我是齊藤白雪。」白衣少女笑著說，輕輕拉起小提琴。「聽說姊姊小時候唱歌很好聽，我的聲音，就是姊姊的聲音──」

白雪說到這裡，輕輕哼了幾聲，跟著長吟起來，那清脆如鈴的聲音，融入小提琴的琴聲裡，兩者合而為一，悠長繞轉著。

「完美呀，我兩個寶貝……」齊藤遠遠地閉起眼睛，揚手指揮身後的交響樂團，替白雪和黑霧兩把小提琴伴奏，一面悠悠地說：「本來，我打算把黑霧送給齊藤龍二當禮物，但那蠢蛋已不在，我只好同時照顧她們兩個人啦……櫻，這樣一來，我們也算是一

家人啦，其實我們一直都是一家人，我給妳最後一次機會，讓妹妹接妳回我天之籟，好不好呀？」

「那胖子在說什麼，爲什麼我聽不懂？」小八飛到夜路身邊，嘎嘎問著。「爲什麼長門的妹妹不姓『長』？要姓齊藤？」

「別問啦……」夜路哼了哼，瞪著小八說：「我以爲你的大便是世界上最噁心的東西，沒想到這世界上竟然有人類可以比你的大便還噁心八萬倍。」

「比我的大便還噁心八萬倍？」小八不解地追問：「那是什麼東西？」

「我不知道！」夜路自然無心回答，盯著車外的張意背影，他和安娜見張意低頭閉目，知道張意正透過莫小非的戒指，尋找齊藤鬼兵眞身，便也不敢催促，只能靜靜忍耐著齊藤鬼兵指揮這一幕又一幕的殘忍木偶劇。

白雪的琴音和輕吟悠遠而深沉，彷如一條優雅的龍，在碩大的空間中穿梭遊繞；黑霧的琴聲則神祕且出其不意，像是突然從雲裡竄出的鳳，時而伴在遊龍身邊撲翅，時而又隱沒在風中。

齊藤鬼兵咧嘴笑著，指揮棒緩緩起落，令他身後那交響樂團奏起一陣陣殺氣騰騰的伴奏樂曲，像是藏於林間的千萬伏軍，追隨著天上的龍與鳳，隨時大軍出擊。

噹、噹、叮、叮——

叮、噹、噹、叮——

長門後背倚著張意，垂頭撥弦，她的眼淚隨著弦音躍起而滴落在圈著她的老金的虎毛上。

相較於那領著千軍萬馬的龍和鳳，長門撥起的三味線弦音，就像是一隻逆風往前的小雀，讓飛龍竄過身邊捲起的氣流吹捲翻騰卻也沒停下翅，被陡現眼前的鳳搧出的狂風迎面颳著也不後退。

「姊姊，我知道妳彈的這首曲子。」白雪這麼說。

「這是媽媽以前彈給妳聽的搖籃曲。」黑霧這麼說。

「我也會哼。」白雪嘻嘻一笑，配合著長門的琴聲拉弦輕哼出曲子，且弦音和琴音刻意比長門的曲子微微快上半拍。

黑霧的琴音立時跟上，龍與鳳立時將長門奮力奏在空中的那小雀甩開老遠，飛梭往前。

「大戲就要上場啦——」齊藤鬼兵高高一揚指揮棒，背後交響樂團轟隆一聲，替這被白雪和黑霧搶去的搖籃曲奏開氣勢萬千的伴奏樂聲。

簇擁著黑霧和白雪的木偶們，有些微微彎腰、雙爪觸地，露出野獸的神態；有些從背後抽出刀械兵刃，咧嘴尖笑起來。

上百具木偶朝著妖車開始進軍。

「嗯……終於要開打啦？」老金打了個哈欠，將蜷曲的身子展開，大大伸了個懶腰，前爪低伏，後腿彎弓，虎視眈眈地望著前方推進的木偶大軍。「小子，他們都要殺來了，你徒弟還沒找出齊藤鬼兵的位置？」

「不，他找到了。」伊恩這麼說，跟著問：「張意，你確定嗎？」

「確定了……老大。」張意點點頭說。「他的黑夢味道，跟黑摩組那些魔頭有點不一樣，肯定就是他……」

「老金，替我護著長門。」伊恩這麼說：「不用太久，十分鐘就好。」

「啥？」老金瞪大眼睛。「你想幹啥？」

「安娜——」伊恩斷手獨目藍光閃耀。「妖車交給妳，保護好大家。」

「嗯？」安娜還沒反應過來，便見張意陡然揚起手，七魂唰地炸出銀白蛛絲，結出一隻巨大蜘蛛，卻不是往前方的木偶大軍走，而是拖著張意往左繞開，斜斜往遠處壁面衝去。

同時，妖車正上方傳出一陣古怪碎落聲響，大批木偶暴雨般落下。

「混蛋！想偷襲我呀！」硯天希的怒吼自車頂拔起，幾具往她和夏又離頭上飛落的木偶瞬間被打飛老遠。

「後面！」盧奕翰和小蟲見四面都落下木偶，立時繞去妖車另一側，盧奕翰催動鐵身，轟隆一記金臂勾，勾在一個逼近的木偶頸子上，將它摺倒在地上，跟著抬腳將那木偶腦袋踏得崩裂。

但木偶並非活人，腦袋裂了仍能活動，一把抓住盧奕翰腳踝，將他拉翻摔倒；第二具木偶趁著盧奕翰倒地，上前一刀往盧奕翰頸子斬去，噹啷斬在盧奕翰舉起的鐵臂上。

小蟲架住那第二具木偶雙臂，跟著悶吭一聲，他右側肩背上倏地竄出一隻古怪手臂，那手臂極瘦極長，整條胳臂連同手掌和五指全都刺滿刺青，手指模樣古怪，突然擺出槍形手勢，食指指甲化爲尖錐，猶如刺青工具一般。

那刺青怪手對著木偶腦門啪啪一陣飛刺，只半秒，便在木偶腦袋上刺出一個怪異圖案。

那刺青圖案燃起奇異青火，倏地燒開，立時將這木偶燒成了一顆火球。

地上，盧奕翰拗斷了那裂頭木偶胳臂，彈蹦起身，撲倒衝向小蟲的第三具木偶，使出寢技與那木偶糾纏起來；小蟲則對著裂頭木偶胸膛補上一腳，跟著與殺來的第四具木偶正面對決。

車尾，郭曉春張開護身傘，傘魔紛紛出戰，擋下自妖車後方殺來的木偶陣；青蘋則在小陽台上，揑著黃金葛掃開從妖車前方逼來的木偶。

妖車左側，面對著交響樂團和白雪、黑霧的長門，在張意乘著大蛛奔走後，立時擺出戰鬥姿勢；老金仰長了頸子沉聲一吼，鼻孔又淌下兩道鼻血，他甩著舌頭舔去鼻血的同時，突然搶先撲出，跟著縱身飛蹦上天——老金這一蹦，像是飛一樣，足足蹦起兩層樓高。

一記記巨大虎掌光團如同隕石墜地般落下，轟隆隆砸進木偶陣裡，像是野牛踏鼠般踏爛一具具木偶。

「吼——」老金怒吼地落在木偶陣後方，得意地回頭望向白雪和黑霧及底下的木偶群，剛剛他那陣凌空虎掌重踏，足足將那木偶陣踏碎了三分之一。

但老金只得意幾秒，立時感到腹部發出疼痛，他的腹部多了條裂口，鮮血染紅了他整片腹毛，連腸子都自那破口垂了出來。

「老金前輩，長門小姐要你別一個人衝鋒——」神官尖叫著：「那兩人的琴音非常厲害，長門小姐會掩護你穩紮穩打！」

「哼，這麼晚才講，我肚子都破了才講……」老金低頭瞧了瞧腹部裂口，又抬頭見到白雪和黑霧都回頭瞅著他笑，只見她們那一黑一白的小提琴周圍，竄繞著黑色和白色的流光飛影，和長門那三味線銀流如出一轍。

老金吐了幾口唾液在虎爪上，將腸子推回肚子裡，跟著用爪子捏了捏傷口，竟將那傷口捏合了——有著五百年歲數的資深虎魔老金，自然也懂得千奇百怪的異術，而不是只會吼叫、咬人和扒抓而已。

「糟糕，我這蠢蛋……」老金重新站直虎身，扒扒地板，突然皺了皺眉，原來他的腸胃也被割傷，但他忘了先治癒內臟，直接施術捏合皮肉，因此現在他內臟猶自疼痛滲血——

交響舞台上方一支五彩斑斕的大斧頭當著老金的腦門劈下。

老金翻身滾開，轉身憤怒一吼，吼出一團巨大金火，轟隆隆燒向交響舞台，立時被交響樂團齊聲化出的幾隻魔手拍滅。

那一隻隻魔音化成的詭異大手，交握成一團，流轉變化成一隻體型比老金還大上數倍的巨獸，揮爪撲擊老金。

老金抬掌還擊，他揮爪扒出的虎掌光團也十分巨大，轟隆隆一瞬間和那魔音巨獸互轟了十數掌。

妖車側面，長門鼓齊了氣力，聚出數團銀流，啪嚓竄成數道銀刃，與白雪和黑霧彈來的黑白琴音交戰起來，黑色和白色的琴音刀刃飛梭亂斬，攻得長門銀刃只能遮架隔擋，騰不出空還擊。

長門望著前方站在兩座高台上被木偶推著逼近的兩個「妹妹」，心中焦急，嘴巴微張，像是有千言萬語，卻連撥動戒弦述說的空檔都沒有。

「姊姊心跳得好快，姊姊又要哭了。」黑霧說，同時飛快拉弦，拉出十二道黑鞭，四面八方打向長門。

「姊姊，媽媽說她想妳——」白雪突然瞪大眼睛，尖喊一聲。

長門猛地一愣，像是受到擊大驚嚇——她覺得在她肩上的神官翻譯之前，她就已經「聽見」了白雪說話的聲音。

白雪的聲帶正是長門以前的聲帶，白雪說話的聲音像是直透進長門大腦而不必經過她的耳朵。

「她好久好久沒有見妳了。」白雪這麼說，跟著噹噹噹疾拉三弦，化出雪白流光，在空中凝聚成一個女人身形——長門母親的身影。

長門的母親露出和藹的微笑，在空中伸出雙手，飄向長門，像是要抱她一樣。

長門明明知道那是幻影，卻又感到那幻影中飄溢出熟悉的母親氣息，她彈出了數個銀團聚在身旁，卻未驅動銀團攻擊母親幻影。

長門的視線從母親幻影的臉上，移到白雪手上那把小提琴，陡然明白了什麼——那把小提琴的材料裡，有著她母親的一部分。

「妳終於發現了嗎？」黑霧嘻嘻一笑，轉變了音調，令十二道黑鞭纏成一團，化出長門有敬的身影——她懷中那把黑色小提琴，則是以長門有敬的部分身體製成。

雪白的長門母親身影，臉色陡然從慈藹變為怒目，伸向長門臉龐的纖細雙手十指大張，像是索命厲鬼般往長門頸子掐去。

千鈞一髮之際，長門令兩道銀流自頸間竄起，捲住母親幻影掐往她脖子的雙爪；長門疾撥琴弦，令銀流催力，將母親身影的雙爪架離她的頸子。

「啊呀！妳弄痛媽媽了——」白雪突然大聲說，轉換音調，彈出一串哀悽琴音，被長門銀流捲著雙手的母親身影，竟然落下淚來。

儘管神官並未翻譯這句話，但長門似乎聽見了般而減緩催音使力，使得雪白母親身影的雙手再次逐漸掐向她的頸子。

長門的耳際寧靜得一片虛無，但腦袋裡卻像是遭到猛烈的空襲轟炸般，各式各樣的情緒交織成一團，她甚至忘記自己正身處在戰場上，見到臉孔朝她貼來的母親身影，時而微笑、時而哀悽，一下子不知如何是好，眼淚不受控制地滾滾落下。

「姊姊，爸爸媽媽都和我們在一起，妳卻是孤伶伶一個人……」白雪這麼說。「妳來陪我們好不好？」

白雪這麼說的同時，黑霧也轉了幾個音，長門有敬的身影高高落下，落在長門母親身影的背後，也伸出了雙手，搭上母親胳臂，一齊往長門頸子掐去。

一聲虎吼陡然響起。

金色的火焰燒上長門那黑白父母幻影的身子，將幻影燒成一團煙霧。

及時回防的老金蹦回長門身前，用背拱著她的身子，使她不至於崩潰倒下。

長門失神地望著四周，只覺得腦袋一陣暈眩，眼前花花亂亂地戰成一團——是郭曉春驅出了傘魔軍團，轉向擋住了殺來的木偶隊；青蘋則遠遠甩來黃金葛，與白雪和黑霧的黑白流光纏捲起來。

「姊姊、姊姊，妳看——爸爸媽媽在受著苦呀！」白雪和黑霧齊聲叫著，她們奏出的黑白光影在空中再次化爲長門父母的模樣，緊緊擁抱在一起，身上捲著一條條黃金葛莖藤，面露痛苦地哀號著。

「那……那是長門小姐的爸爸和媽媽！」神官慌亂地尖叫著：「這些人怎能這樣，這樣我……我……」神官知道白雪和黑霧此時說的每一句話，都是爲了干擾長門心神，但他又不得不翻譯，焦躁錯亂之下漏失了不少句子，但長門卻仍像是聽得懂一般。

白雪和黑霧，加上一對黑白小提琴，就像是天之籟刻意爲了對付長門而製造出來的復仇武器。

「神官，告訴長門……」安娜伸手托住長門脅下，拖著她退往妖車，一面說：「她不是一個人，我們會一直陪在她身邊。」

「寶貝兒，別慌，爹地來幫妳們啦——」齊藤鬼兵高高揚起指揮棒，飛快抖了抖，鋼鐵舞台上的交響樂團齊聲奏出更爲激昂的樂章，各種顏色的異光流竄成一隻隻巨大凶獸；同時，那鋼鐵舞台轟隆幾聲，底下竄出巨大怪肢，將整座舞台撐得更高，像是一座生了腳的活體堡壘般，隨著在前衝鋒的魔音巨獸群往妖車衝來。

「大家上車，不要硬打——」安娜將心慌意亂的長門拖回妖車，在車裡高聲下令。

「妖車，開車！」

「好可怕呀！」妖車尖叫著發動引擎，緩緩往前駛動，眾人紛紛抓開車門或是從車尾破口翻身上車。

「白雪往左、黑霧往右，兩個寶貝兒，爹地和妳們兵分三路，別讓他們跑啦！」齊藤鬼兵高揚指揮棒，指揮著這伸出巨足的鋼鐵舞台和交響樂團齊力奏出的五色巨獸群，領著木偶大隊，兵分多路包抄妖車。

這猶如體育館的大空間儘管寬闊，但那鋼鐵舞台也是極大，加上一頭頭貨車大小的魔音巨獸群分頭包圍，再加上黑霧和白雪左右夾擊，一下子就將妖車逼到了角落——

他們先前駛進這體育館的黑夢通道，早已讓同樣能夠操縱黑夢的齊藤鬼兵封上，而張意卻不在他們身邊，無法破牆開路。

「那臭小子不是說只要十分鐘？現在都過了多久啊？十分鐘有這麼久嗎？我肚子好疼呀……」老金吼叫著，奔在最前頭，不時揮動巨大虎掌光團逼退魔音巨獸，領著妖車試圖從體育館角落，與逼來的鋼鐵舞台的側面間的縫隙擠過。

「別想逃！」齊藤鬼兵喝地下令，鋼鐵舞台幾條巨足高高抬起，轟隆隆插在妖車前後的體育館壁面上，同時截住了妖車的進路和退路。

此時妖車前後都是鋼鐵舞台那攔路巨足，左側是體育館壁面、右側是鋼鐵舞台，鋼鐵舞台轟隆隆地往妖車擠來，像是想一舉將妖車壓扁在牆上般。

妖車突然震動起來，底部和側面竟也伸出一條條似手似腳的金屬肢體，啪啦啦地撐著牆、抓著支架飛快往上攀，一舉攀上鋼鐵舞台。

超過百人的交響樂團員紛紛站起，他們儘管紛紛擺出戰鬥姿態，但也沒耽擱了演奏，又或者說，他們本來就是爲了戰鬥而演奏。

巨大魔音樂獸紛紛撲上鋼鐵舞台，往妖車衝來，被挺身站在車頭前方的老金揮出一記記虎掌光團打扁了腦袋、撕裂了軀體，那些碎爛軀體立刻化成流光，在演奏下又重新凝結成新的魔音樂獸。

「四周好吵、頭好昏、我的眼睛都快看不見了……」

妖車雙手按著幾枚耳塞，摀著腦袋兩側，儘管眾人此時耳裡都塞著符籙耳塞，但在與天之籟樂團拉近距離之後，依舊被一陣陣魔音樂聲吵得頭痛欲裂、暈眩迷茫。

「吵死人啦——」

妖車上方，硯天希怒吼一聲，拖著夏又離竄了個老高，朝著底下環形舞台那天之籟交響樂團撒下一片火焰大鷹、爆炸怒兔和鎮魄巨犬。

嗡嗡噹噹幾聲樂響，在交響樂團上方彷彿出現一片弧形音屏，擋下那陣墨繪咒獸，但下一刻，那音屏立時炸裂，是硯天希掄著破山大拳，打碎音屏，殺入樂手陣裡。

她一拳就將離她最近的齊藤鬼兵腦袋擊碎——

但那齊藤鬼兵只是黑夢幻影，身子搖晃半晌又生出了新腦袋，揚著指揮棒嘿嘿笑著，身邊竄起一群木偶，撲向硯天希。

一群樂手紛紛轉向，碩大的喇叭、直笛通通對準了硯天希，一陣嗡嗡樂聲朝著硯天希奏去。

夏又離揮動破山大拳，打倒幾個撲來的木偶，被那四面八方的樂聲迎面一轟，只覺得魂魄都要給震飛了，摀著耳朵癱軟要倒，被硯天希畫出黑藤捲在背上。

「沒用的笨蛋，老是扯我後腿！」硯天希托起一團巨大光咒，往四周撒開——數不清的墨繪咒獸瞬間四面撲開，這批墨繪咒獸並不是大型動物，而是小如拳頭的火焰麻雀、巴掌大的鎮魄吉娃娃、老鼠大的怒兔和凶爪小猿。

她在雙臂上畫了數層懶人手，刻意縮小墨繪獸的體型，卻拉高數量，目標並非那些樂手，而是一座座碩大樂器。

凶爪小猿撲向豎琴扒抓琴弦、鎮魄吉娃娃衝向大鼓啃咬鼓面、火焰麻雀和小怒兔竄進大喇叭口裡然後爆炸。

轉眼間，上百人規模的交響樂團，一半以上的樂器不是炸開就是被墨繪咒獸啃毀。

但四周催心碎腦的樂聲，絲毫不受影響。

被炸得開花的喇叭依舊洪亮刺耳，破了洞的大鼓依舊能敲出能夠搥透人心的響聲，甚至是斷了弦的大提琴和豎琴，仍然能發出可怕噬魂的琴聲。

齊藤鬼兵揚著指揮棒往硯天希一指，巨大樂浪往她齊聲一奏，將她也震得暈眩要倒。

幾個持刀木偶上前要斬她，被地上竄起的毒蛇群捲倒——

後頭，郭曉春舉著護身長傘，指揮傘魔大隊殺來掩護，老金混在傘魔隊伍裡，撲近硯天希身邊，扒著他們身子往後頭妖車方向拋去，氣呼呼地罵著：「不長眼的小狐狸，莽莽撞撞，丟妳爸爸的臉！」

「混……混蛋……誰丟那臭狐狸的臉啦，況且誰理他丟不丟臉呀！」硯天希在空中翻了個筋斗後單膝落地，急急地出墨畫咒，翻掌拍出六隻濕濡濡的墨綠色大蛙。她先將一對大蛙掛在夏又離臉頰兩側，再將兩對大蛙掛在自己頭上，那些大蛙四足緊緊扒著他們頭臉，舌頭一吐，分別伸進他們兩雙人耳和一雙狐耳裡，像是隔音效果極強的耳罩一般。

「哇！」夏又離感到耳朵又癢又痛，終於清醒了些，但還沒來得及反應，身子又往前一竄——硯天希再次衝入了戰圈裡，又搶在老金前頭，揮動破山大拳，轟隆一擊搥碎了一架巨大鋼琴。

三名琴師向後躍開，從腰際抽出了古怪兵器，奇異的是，鋼琴已毀、琴師拔刀，但那琴聲卻絲毫未歇，反而更急更快，猶如一股龍捲風般旋上硯天希和夏又離身上，將他倆震得頭暈眼花。

三名琴師舉刃刺來，被郭曉春指揮攻來的傘將軍們挺劍擋下。

硯天希摀著耳朵暴起揮拳，一拳打在一名琴師腰際，將那琴師腰與胸膛打得崩裂碎開，整個身子騰空飛起——

硯天希望了望自己的拳頭，又望望那飛騰起來的琴師，這才發覺那琴師不是人身，竟也是木偶。

她環顧四周，只見郭曉春的傘魔大隊已經攻入交響樂團陣裡，和眾樂手大戰起來，所有的樂手大都棄了樂器，持著兵刃和傘魔戰鬥，但樂聲像是一點也不受影響，持續傳出。

「混蛋，原來全部都是假人！」硯天希這才知道這整支交響樂團全是木偶，那陣陣樂聲並非是這些樂手直接奏出，而另有來源，因此她先前撒出那批墨繪咒獸儘管成功損傷了部分樂器，卻影響不了這樂團魔音。

「一群傻瓜。」齊藤鬼兵揚著指揮棒，尖聲大笑起來。「我的樂器跟人都昂貴極了，怎會輕易擺出來讓你們這麼粗魯地破壞呀！」

後頭，妖車眾人圍在妖車邊，阻擋攀上舞台的木偶群攻車，且與舞台樂手交戰起來。

此時伊恩不在，眾人一下子亂了分寸，舞台上下全是木偶，這些木偶雖不如黑摩組五人難纏，但數量一多卻也不好應付，且舞台上的樂手是木偶、樂器是假貨，但那樂聲卻貨眞價實；他們能夠破壞樂器、擊碎木偶樂手，卻阻止不了樂聲演奏，他們耳朵裡的耳塞抵消了八、九成的魔音，但那剩餘一成的魔音卻猶如可怕的蜈蚣毒蛇，鑽入他們的腦袋、錐進心中，令眾人煩躁、暈眩且頭痛不已。

就在安娜準備下令眾人再次上車撤逃時，懾魂樂聲陡然停止。

「你竟然找得到我！」齊藤鬼兵怪叫一聲，拋下了手中的指揮棒，急急喊著：「白雪、黑霧，回來幫我——」

本來已經殺至妖車旁，與長門再次戰起的白雪和黑霧，聽了齊藤鬼兵的叫嚷，陡然躍遠，互望一眼，倏地翻下舞台，竄入舞台底部的鋼鐵支架間隙裡。

03狩獵

「前面……再前面……就是這裡，轉進去！」

張意閉著眼睛踩在雪姑蛛絲化出的大蛛背上，雙手揪著銀白蛛絲，猶如抓著韁繩，指揮著銀色大蛛飛梭往前。

他穿過一道道牆、一柱柱梁，像是穿過雲霧棉花豆腐般順利，他甚至能指揮著大蛛蹦入梁柱牆面內，將黑夢建築體當成了水，像條魚兒般地泅水前進。

嘩啦一聲，他破「水」而出，衝進距離體育館遠處一、兩公里外另一處碩大空間中。

這空間比那體育館小了不少，卻仍然十分寬敞——足夠容納一整支樂團。

張意眼前這支交響樂團與體育館內鋼鐵舞台上那木偶交響樂團，不論是團員衣著、面容，與各自所持的樂器，都一模一樣。

唯一不同之處，是這支交響樂團所有樂器上都伏著一個小小的詭異骷髏人，那骷髏人的背脊處有許多奇異管線，這是收音裝置，能夠將那陣陣魔音鬼樂送進體育館內。

此時齊藤鬼兵與交響樂團一干樂手，全都瞪大眼睛，望著自距離他們舞台前十餘公尺遠的壁面衝出來的巨大銀色蜘蛛，以及站在蜘蛛背上的張意。

「你竟然找得到我！」齊藤鬼兵尖號起來。「白雪、黑霧，回來幫我——」

「我說了，你不信。」伊恩冷冷地說：「你以爲自己交易到寶貴的力量，但你只是他們的實驗品，他們就是想看這一幕，看我怎麼找你、怎麼殺你。」

「擋著他！」齊藤鬼兵指著張意尖聲一吼。「別讓他過來——」

天之籟樂手紛紛站起，幾個站在舞台前端的小提琴手，立時撥弦彈出鬼音，在空中凝成怪刃，斬向張意。

七魂紅光閃動，像是削甘蔗般削斷那一柱柱竄來的音刃。

「各位大哥大姊，大家幫個忙——」張意舉起右拳，朝著那交響樂團團員大喊：「不要對著我彈琴吹喇叭，對著那獨手胖子吹，給我吵死他、給我打死他——」

百來名天之籟成員，一齊望向齊藤鬼兵。

「什麼？」齊藤鬼兵呆了呆，望著身邊那批樂手。

他一時還沒反應過來，只見所有樂器同時轉向，紛紛對準自己。

嗡——魔音齊奏，齊藤鬼兵的眼耳口鼻瞬間給震出了黑色的血。

然而樂手們也因爲受到張意控制，迷濛失神之際，沒有互相配合，彼此干擾甚至重傷了自己。

這一陣魔音對轟，令圍著齊藤鬼兵的樂手們，登時倒下大半。

「哇！」張意摀著耳朵彎弓下來，儘管他離那舞台尚有數公尺遠，但巨大的音浪四面八方震開，令他覺得自己的五臟六腑都要給震壞了，但那不適感只出現一瞬間——

明燈的符陣在他身前結出一面保護傘，將震來的魔音阻開。

台上，齊藤鬼兵那身酒紅色西裝被暴漲的身體撐裂成碎布，他的右手三指分別發出不同光芒——他本來戴著三隻華麗鑽戒，而現在全部摘下了。

此時的他，摘下戒指之後，本來胖壯身子變得更加巨大，長成了個足足有一層樓高的巨人，他的左臂多年前被伊恩斬去，此時自斷處爬出一具詭異骷髏。

那骷髏蓄著一頭長髮。

長髮骷髏彷彿是齊藤鬼兵的「左手」，一雙骷髏胳臂變化成奇異的寬板狀，再環抱成圈，那板臂圈圈上下生出兩片膜，變成了一面怪模怪樣的鼓。

啪！齊藤鬼兵拍了那長髮骷髏胳臂化成的鼓，將攔在眼前的幾名天之籟樂手震飛老遠。

「你們怎麼造反啦？」齊藤鬼兵此時雙眼腥紅、七孔滲血，加上雄壯體型，活像是一頭食人怪物，凶猛地將逼近眼前要來揍他的自家樂手轟飛老遠。

他右手拇指上還戴著一枚戒指，那戒指閃動異光，那就是黑摩組賜給他、讓他指揮黑夢的戒指；他拍著長髮骷髏雙臂結出的鼓，同時指揮黑夢，令舞台飛速變化，竄出一座座怪異臺階，將受了張意控制而轉向攻擊他的交響樂手，連同樂器掀得人仰馬翻。

切月紅光陡現，將攔在張意眼前那錯亂變化的黑夢舞台幾刀斬裂，同時，張意揮手亂扒，進一步將整座舞台扒開，撥出一條路。

他與躍下舞台的齊藤鬼兵相距約莫十餘公尺。

伊恩斷手獨目透射出凶狠藍光，手指喀啦一掰，將那狀如葫蘆的人身果捏成兩半。

「老、老大……這裡太吵，我沒聽清楚，你說那骷髏，是……」張意感到懷裡有團東西膨脹起來，低頭只見人身果正湧出一團團果肉，往伊恩斷手裏去，他還來不及多問，見到前頭齊藤鬼兵揮手揭開一道門，奔入一條長廊，立刻急急大喊：「雪姑大姊，快追上去，別讓他跑了！」

「師弟！你這次說對了，追！說什麼也不能讓他跑了！」摩魔火伏在張意頭上，背上火毛豎立，憤怒地說：「那骷髏是長門小姐母親的骨骸！」

銀色大蛛倏地往前飛奔，追入那條古怪廊道，七魂克拉克在張意背後現身，將狙擊槍架在張意肩上，對準了十來公尺外的齊藤鬼兵，磅地一記光彈擊中他後腦。

齊藤鬼兵往前一撲，翻了個滾，撐坐在地上朝著追來的銀色大蛛揮了揮手，召出幾道黑夢鐵欄想要阻擋張意，卻立時被張意揮手扒開。

齊藤鬼兵見黑夢鐵欄攔不住張意，嚇得連滾帶爬地起身再逃，不時回頭拍鼓，還抖了抖長髮骷髏，令長髮骷髏變化形狀，一雙臂骨大張作爲弓骨，長髮化爲弓弦，變成了一副骷髏弓。只見那骷髏弓上無箭，而髮弦卻有一整排，說是弓，其實更像是豎琴。

齊藤鬼兵一面逃，一面回頭撥動骷髏弓弦，彈出一陣帶著哭號的詭異飛箭，朝著張意和腳下大蛛射來。

鏘的一聲，七魂出鞘，幾道紅光將一支支音箭斬斷。

「老大……」張意見到以人身果化出五體的伊恩拔刀，先是驚喜，跟著驚恐——

伊恩此時的人身比前一次更加詭怪，全身爛糊糊的像是濕軟的泥人，臉孔像是一團不均勻的麵團，看不出任何五官；握著七魂的右手胳臂比左臂短了一大截，雙腳一粗一細、一長一短，明燈符籙化出的衣服和果肉貼在一起，甚至是嵌在肉身裡。

「還是不行嗎……」伊恩舉起假身左手，撫摸著臉面，無奈地說。

「老大！你這假身的眼睛生在背上？」摩魔火望著眼前伊恩後背上那枚和衣物擠在一起的眼睛，駭然地說：「那孫青蘋養出的人身果果然還是不行呀！我們還是回頭找孫大海保險點……」

「現在也沒時間回頭了……」伊恩苦笑，此時他五官分散在身上各處，由於身體軟爛，刀握不穩，勉強擋下那詭箭射擊，卻遲遲無法發動攻勢。

「伊恩呀，你變成這副模樣！」齊藤鬼兵回頭見伊恩那怪模樣，陡然停下腳步，哈哈大笑起來，朝著伊恩和張意又撥了撥弦，飛梭射來一陣箭雨。

伊恩奮力揮刀，切月紅光在銀色大蛛前旋成一個圓，擋下所有音箭。

紅光消退時，齊藤鬼兵的身影竟已伴著數道他撥彈出的音爪，竄到了大蛛前。

四道弦音凝成的鬼爪，左右按住銀色大蛛的前足，另兩道鬼爪則掐住伊恩那如同麵團的腦袋和腰際。

齊藤鬼兵作爲「左手」使用的長髮骷髏，那雙臂弦弓飛快變化，牢牢扣住伊恩握著七魂的右臂。

齊藤鬼兵的右拳，則擊穿了伊恩假身胸膛。

伊恩左手握著刀鞘，勾甩在齊藤鬼兵臉上，明燈兩隻枯黃老手自刀鞘伸出，在齊藤鬼兵頭臉上貼下數張符，燒出烈火。

無蹤在齊藤鬼兵和伊恩假身之間竄起，對著齊藤鬼兵胸肋閃電擊出十餘拳。

七魂刀震動著，一道道紅光飛旋圍繞著扣住伊恩右手的骷髏雙臂，卻遲遲沒有斬那骷髏。

「切月，聽我指揮！」伊恩壓制著切月，不許她攻擊那身骷髏，斷手獨目藍光閃動，聲音聽來壓抑著濃濃的憤怒。「齊藤鬼兵，你把長門有敬也藏在身上……」

「對！沒錯！」齊藤鬼兵睜大眼睛，甩出那條詭怪長舌，淌著腥臭唾液，咧嘴大笑說：「你應該感覺得出來，我手上三指，都不是櫻的爸爸跟媽媽，我將他們的魂，埋在我身體裡，要是我一死，他們的魂就散啦！」

許多年前，齊藤鬼兵被伊恩斬下一隻手，他知道伊恩的力量和執著、他知道晝之光總有一天會找上他。

他將長門母親整副骨骸煉成「左手」，將她和丈夫的魂魄埋在身體裡，還用長門父母的血脈，人工煉出長門的同源妹妹，爲的就是有朝一日，在與晝之光對壘的當下，能夠令長門和伊恩感到迷惑矛盾。

此時齊藤鬼兵那骷髏左手，不僅是他的武器和樂器，更像是他的「護身符」。

「你想清楚，你千萬想清楚喲，要是櫻知道你殺了她爸爸媽媽，她肯定恨死你啦——」齊藤鬼兵怪笑著，飛快將右拳自伊恩假身裡抽出，一把抓住伊恩左肩，啪啦一聲扯下他的左臂。

老何一雙巨拳自刀鞘竄出，轟隆隆擊在齊藤鬼兵臉上，這才打得齊藤鬼兵鬆開了骷髏手，退開幾步。

雪姑蛛絲飛竄，將脫手落下的七魂刀鞘，拉回伊恩假身，纏上他腰際。

霸軍撲出七魂，挺著長槍與無蹤一左一右迎戰再次撲來的齊藤鬼兵，被齊藤鬼兵揮動骷髏手一一逼開——

他們都受到伊恩的命令，不敢直接攻擊那骷髏手。

「長門一家都是我天之籟的財產，我高興怎麼用就怎麼用！」齊藤鬼兵哈哈笑著，抖了抖骷髏左手，令骷髏雙爪併合，雙掌左右再延伸一排奇異指骨，彷如一排小型琴鍵。

齊藤鬼兵以右手飛快彈著那骷髏琴鍵，奏出一段安眠曲。「櫻從小就是我天之籟裡的天才樂手，以前我都用這首曲子哄她睡覺，你知道嗎？哈哈哈！」

切月紅光如鞭般甩去，倏地繞開齊藤鬼兵那骷髏臂，啪啦鞭在他肩上和頸上，鞭出好大一條血口，黑血噴濺。

「哇！」齊藤鬼兵料想不到伊恩的刀勢竟然還會轉彎，連忙停下腳步，底下兩道紅光又甩來，啪擦斬在他雙腿上，將他斬得跪倒下地，連滾帶爬地掉頭逃跑。

伊恩見齊藤鬼兵只催動三隻指魔，雙腿竟能捱著切月兩斬沒斷，也有些驚訝，心想或許長門父母的魂魄也被煉成指魔，埋在他體內某處供輸力量，便不敢揮刀斬他身子。

「混蛋，你還跑，別跑！」張意見齊藤鬼兵又想逃，突然氣憤叫罵起來。

齊藤鬼兵陡然停下動作，顫抖地回頭望著張意。

「呃？」張意這才想起自己能夠用黑夢控制心神。

「快問他將長門父母的魂藏在身體裡哪個地方！」伊恩急急提醒。

「快說，你把長門父母的魂藏在身體哪邊？」張意連忙指著前頭伏在地上的齊藤鬼兵大喊著。

「藏在……」齊藤鬼兵滿臉驚恐地說：「我的……」

「別說。」一個古怪聲音突然響起。「你要是說出來，伊恩會把你身上沒用的東西全剁碎了。」

「唔！」齊藤鬼兵聽到這個聲音，全身一震，像是清醒過來，又卯足了全力往前爬。

「誰？是誰多嘴？」張意驚慌怪叫起來，突然感到一股奇異力量往他全身包覆而來、往他腦袋聚去，像是想要侵入他的腦袋一般。

朦朧之中，他彷彿見到一個奇異身影，是個女人，女人半邊臉年輕、半邊臉老邁——麗塔。

麗塔舉起一隻滑嫩胳臂和一隻枯朽老手，捧著張意的臉對他說話。

「孩子，我終於看清楚你的樣子啦，真是千年難遇的結界人才呀。」

「妳……妳是誰？」張意捣著頭在大蛛背上跪下，他覺得那股力量就像是一個古怪科學家亟欲探究眞相、用盡渾身解數想往他頭蓋骨裡鑽，企圖翻出他的腦子好好研究個透徹一般。

「老大、師弟，小心背後——」摩魔火陡然大叫。

只見廊道後方竄來一片魔音凝聚而成的兵刃武器和幻影猛獸——剛剛那被張意控制心神的交響樂團，被麗塔喊醒，重新擺開陣勢，準備截擊張意。

同時，齊藤鬼兵頭頂上方天花板處，陡然破開一個大口，倏地竄下近百道白光黑影。

數十道黑影捲向齊藤鬼兵四肢和身軀，裹上他那被切月斬傷的雙膝、捲住他雙臂和脅下、纏繞上他胖壯身軀，將他一把拉進天花板破口中。

數十道白光則飛梭打向張意，被幾道自七魂炸出的切月紅光盡數斬碎。

「哼……」伊恩由於那人身果狀態不佳，同時分心關切張意情況，見黑霧、白雪救走了齊藤鬼兵，一時莫可奈何，只能指揮大蛛轉向迎戰交響樂團協力奏來的樂獸。

「老大，師弟情況不對，有人在搶他腦袋！」摩魔火在張意頭上蹦蹦跳跳，似乎也感到籠罩著張意的那股詭異力量。

「艾莫和麗塔可以遠距離發動黑夢力量？」伊恩急急下令大蛛掉頭直衝。「那我們不能逗留太久，得快回頭——」

在廊道外結出陣式的交響樂團，不論負傷與否，全都奮力彈奏樂曲，將一股股音流往廊道裡送，令廊道裡的巨大樂獸和兵刃阻止大蛛回頭。

幾道紅光自廊道切出，站得近的樂手和樂器通通被斬成數段。

大蛛像是一輛暴走的火車頭般轟隆炸出，撞翻一個個攔路樂手，飛快循著原路奔衝——大蛛沿路都沾了蛛絲，借用蛛絲拉扯之力飛快回竄，使回程速度比來時快速了數倍。

不到一分鐘，大蛛便像是躍破水面的魚兒般，拖著零星碎散的招牌雜物，竄回那寬闊體育館空間裡。

伊恩的假身已經崩解脫落，又變回斷手模樣；張意則伏在大蛛背上不住喘氣，睜開眼睛望著四周，先前那股試圖侵襲他腦袋的奇異力量，已經消失無蹤。

此時鋼鐵舞台歪歪斜斜地傾垮在角落，妖車像隻受驚老鼠般縮在鋼鐵舞台邊，青蘋、夜路正忙著將自車內落出的雜物和行李搬回車上。

安娜、盧奕翰、小蟲等人，則與殘存的木偶隊伍糾纏遊鬥，將那些木偶盡數毀壞之後，這才重新聚回車邊。

大夥檢視著彼此傷勢，在符籙耳塞保護下，眾人並未受到太大傷害，僅是覺得有些頭暈耳鳴。

反倒是老金嚷著肚子疼痛，癱躺在地上，讓長門以銀流替他治療被白雪、黑霧切傷的臟器，同時接受明燈的符法治療。

「原來如此，難怪我覺得奇怪，那傢伙怎麼突然發癲。」夜路聽張意和摩魔火講述剛才他們突襲齊藤鬼兵的經過，這才明白鋼鐵舞台上，那齊藤鬼兵莫名自亂陣腳的原因。「否則剛剛那戰，我們可能會有危險……」

「誰說的！」硯天希顯然不同意夜路的說法，她說：「我只是不習慣跟樂器打架，聲音又擋不住……只要再打久一點，等我習慣了，看我一個人就能拆光全部的木偶跟樂器。」

「師弟，你說你和那一半年輕一半老的女人打了一架？」摩魔火聽張意述說先前經過，感到有些困惑。「我從頭到尾都沒見到你說的那女人……按照我們之前的推測，那女人應該就是四指前任頭目艾莫的妻子麗塔對吧……」

「我不知道，但我真的跟她打了一架……」張意說到這裡，不禁有些心虛。「她一直抓我的頭，像是……像是想要把我腦袋扒開來一樣，痛死我了……」

「你的頭沒事呀。」摩魔火撥開張意頭髮，檢視著他腦袋上有無傷口。

「如果艾莫和麗塔能夠遠距離發動黑夢，接下來我們的行動會有些棘手……」伊恩說：「之後我們盡量別分散行動。」

安娜想了想，補充：「我試著強化妖車上的針陣，或是做些移動針陣……像是小狐魔的帽子，以備不時之需……」

硯天希見眾人都望著她頭上那頂毛帽子，感到有些不自在，伸手揭下帽子，氣呼呼地搧起風。「妳不說我都忘了，熱死我了……」

張意在摩魔火追問下，繼續說起當時經過：「我閉著眼睛才能看見她，我嚇死了，她跟瘋婆子一樣抓我的頭……我痛昏了，也顧不得她是女人，抓她頭髮還咬她手，好像還打了她幾巴掌，終於把她趕走了……」

「師弟……」摩魔火像是對張意的打法有些意見。「抓頭髮還咬手？這打法跟路邊野小孩打架有什麼分別？你下次再見到他們，握緊拳頭朝他們鼻子揍，像個男子漢，知道嗎！」

04煉傘

昏暗的巨大木造空間，聳立著一杜杜圓形木梁，撐著數層樓高的木造天花板。這木造空間其中一側，整齊排列著一座座高大木架，木架上擺著一支支繫著紅繩或是黑繩的紙傘。

幾十個模樣古怪的傢伙，在那上百座巨大木架間來回巡視，他們過去都是王家集團裡的員工，本來分屬不同公司，此時全成了黑摩組旗下嘍囉；強施在他們身上的異術和威逼他們喝下的藥水，使他們變成了能夠二十四小時工作的奴工，連外貌和神智都產生了極大的變化，令他們看上去像是奇幻電影裡的怪物奴隸或是人形機器般，反覆不歇地進行著重複的工作。

有些傘工拖著裝盛不明血肉的木桶，穿梭在紙傘木架之間，以小瓢舀出血肉，放入懸在紙傘繫繩底下的小布袋裡；那些小布袋一旦被放入血肉，便像是食肉植物般閉合袋口，緩緩地鼓動收縮著，像是在消化那些血肉一般。

也有些傘工持著雞毛撢子，從架上取出一把把傘，拍去傘身上的塵埃，揭下傘身外一層層焦黃符籙，貼上新符，有時動作粗魯了些，有些傘甚至會躁動起來，惹來一些看似位階較高的傘工，施術鎮壓那些躁動紙傘，同時對著惹出麻煩的低階傘工拳打腳踢起來，偶爾出手重了，將一些傘工打死了，便有其他傘工過來拖走屍身。

那些變成屍體的傘工，最後將會化整爲零地分裝進那些桶子裡，再被其他傘工放入小布袋裡，作爲紙傘食物。

木造空間另一側，安迪正閉著眼睛，盤腿坐在王寶年傘底下。

王寶年傘大大張開，傘面內側重新縛上新一批紙傘，這些依附在王寶年傘底下的小傘，有時能作爲王寶年的打手，有時也能提供額外能量支援王寶年傘。

此時那上百小傘的傘身都如同心臟般微微起伏鼓動，一股一股的黑氣流向倒立垂吊在巨傘下的王寶年那雙枯老胳臂上。

王寶年摩挲著一雙大掌，將上百支小傘流入他胳臂的力量整合凝聚起來。

在大傘底下、在安迪面前，則擺著一張人骨輪椅——

那是之前載著硯先生的那張人骨輪椅。

此時輪椅上卻不見硯先生，而是横放著一把墨青色的紙傘。

這把墨青色紙傘僅比尋常紙傘略大一些，從傘尖到傘柄，約莫一百二十公分，傘身上纏繞著奇異的鐵鍊，鐵鍊上懸著一個怪模怪樣的大鎖頭；那被用來壓制硯先生的壞腦袋的軀體，全身同樣纏繞著鐵鍊，像隻袋鼠般抱著那紙傘，那顆破破爛爛的草紮腦袋，則搖搖晃晃地垂在壞腦袋軀體下方，隨著王寶年傘散出的巨大魄質風壓晃動。

這支擺在怪輪椅上的怪紙傘模樣古怪透頂，但安迪和王寶年的神態專注而嚴肅，彷彿擺在他們面前的不是一把紙傘，而是一把能夠開天裂地的千年魔刀。

「嘿嘿嘿……」王寶年噓了口氣，張開雙手。「我拿了幾十年傘，現在竟然有點緊張呢……」

「來吧。」安迪睜開眼睛，望著眼前那人骨輪椅上的墨青色紙傘。

王寶年探長了身子，伸出雙手，從人骨輪椅上捧起那墨青色紙傘。由於王寶年那雙大手足足有張小茶几那麼大，因此此時他只能小心翼翼地以食指和拇指捏著傘柄，再以另一手牢牢握著捏傘的食指和拇指。

王寶年這小心翼翼的動作，似乎並非在擔心自己捏壞了紙傘，而更像是害怕自己一雙大手被這紙傘一口咬掉般。

滾滾黑氣自王寶年身體裡、眼耳口鼻裡、上百把小傘裡溢出，往他捏傘雙手流去。同時，安迪全身則滾動著紅光，旋繞上王寶年傘的傘柄，一路流向王寶年雙手；此時的安迪，十指空空如也，十枚拘束指魔的戒指，在他腿前排成一列。

抱著墨青色紙傘的壞腦袋軀體，像是樹懶般緩緩動作起來，左手抓起那紙傘鐵鍊上的古怪鎖頭，右手則往那鎖頭鑰匙孔湊去——

能夠解開鎖頭的鑰匙，以黑線縫在壞腦袋軀體的右手食指上。

一陣喀啦開鎖聲響過後，鎖頭開啓，鐵鍊嘩啦啦散開。

王寶年吸了口氣，全神灌注舉高紙傘，纏繞在他雙臂上的黑氣紅光立時捲上紙傘。紙傘緩緩張開。

青森森的流光自傘下溢出，落下一個矮小老頭——硯先生。

硯先生此時雙眼無神，雙臂低垂，像個流浪漢般落魄地盤坐在地，與安迪大眼瞪著小眼。

「前輩，你現在感覺如何？」安迪沉聲問。

「什麼感覺如何……」硯先生茫然地左顧右盼。「這裡是哪兒啊……」

「和之前一樣，沒變。」安迪說：「黑夢核心，萬古大樓，幾樓我倒是忘了，這層是寶年爺的專屬樓層——傘房。」

「我好餓……你們多久沒給我東西吃啦？」硯先生虛弱地說，他搖了搖腦袋，一頭髒亂頭髮像是頭皮有些發癢，想要抬手抓抓頭，卻連抬手的力氣都沒有。「還有……爲什麼最近每天派那麼多鬼東西來折騰我？你們本來……不都對我客客氣氣的？」

硯先生這麼說，望了望自己破爛衣服外的枯瘦細手，他的雙手和頭頸，甚至衣服裡的身體四肢，遍布著各式各樣不知以什麼器具製造出的施虐傷口。

「沒辦法。」安迪微微一笑。「這是王家傘術的必經之途，等我和寶年爺練習得更加熟練，才能餵你吃東西。」

王家傘師煉傘，會長時間對傘魔施虐，同時餵食他們腥血生肉，藉以培養傘魔凶性，這方式與四指修煉指魔如出一轍。

但硯先生開始被煉傘這些天，便只遭虐，卻未被餵食——這一點倒是與其他傘魔恰好相反，這是因爲王寶年和安迪懼怕硯先生的力量超出他們能力所能控制的範圍，所以故意餓他，甚至透過各種法術在傘中持續壓他、鎖他、鎮他、燒他、溺他——使這千年古魔更加虛弱，以利後續修煉。

「啊？」硯先生呆了呆，抬頭望著王寶年舉在他頭頂上的青傘，說：「我眞的仕進傘裡啦？」

「是啊。」安迪說：「前輩，您得好好把握現在還能說話、還能動腦的時光，不久之後，您會漸漸忘記怎麼說話、忘記許多事情。」

「爲什麼呀？」硯先生搖頭晃腦地問。

「我王家傘，不需要自主意識呀。」王寶年呵呵笑著。「當然，我本身例外。」

「現在我們讓前輩你保有記憶和思考，是希望前輩你再花點工夫，多想想往事。」安迪補充說：「想想你的老友壞腦袋的一切事蹟，不論大事小事，我通通要知道。」

「我幹嘛想他那麼多大事小事呀？」硯先生哼了哼說：「我又不是他爸爸、也不是他兒子，我只記得我揍他不少次，其他小事我怎麼會知道……他大事小事又關你什麼事，難道他大便的樣子你也想知道？」

「我想知道。」安迪笑了笑，雙手略微握緊了巨傘傘柄。「說吧，我通通想知道。」

王寶年捏著傘柄輕輕晃了晃，硯先生的身子像是受到了那一條條自傘內落下的光絲牽引拉動，搖搖晃晃站了起來，舉了舉手、抬了抬腳，竟做起古怪的體操——這是王寶年在測試硯先生身體各部位受紙傘指揮的程度。

「你讓我幹啥來著啊？」硯先生不解地問，身子不由自主地動作著。「為啥我不能自己控制手和腳了？」

「現在當然不能，因為你還不乖，等你變乖之後，就能自己控制手腳了……」王寶年笑呵呵地說：「到那時候，你的身子受你大腦控制，但你的大腦，只能受我控制了……」

「誰受你控制啊……」硯先生哼哼地繼續擺出怪異的姿勢，說：「你們想和我聊壞腦袋，我就偏不聊他……」

「哦？」王寶年揚了揚眉，肩頭微微一抖，自巨傘底下抖下三把紙傘。

三把傘張開，落下一個男人、一個女人和一個駝背老頭。

男人穿著一件古怪大衣，像個暴露狂似地揭開大衣，大衣內側掛著密密麻麻的古怪刑具；女人歪著頭、斜著眼，十指指甲片片又尖又長，且顏色各自不同，指甲尖端都滲著古怪汁液，那些汁液滴在地上，不是冒出詭異毒煙，就是融穿了木造地板；最後一個駝背老頭一手捧著古怪陶罈，另一手伸進罈裡緩緩攪和著。

「你們又要來折騰我啦！」硯先生見了那三人，不禁大聲抗議起來，隨即「咦」了一聲，盯著那駝背老頭。「這次怎麼多了個臭老怪？另個毒辣的臭小鬼呢？」

「你想他啊？」王寶年呵呵一笑，又抖了抖肩，抖下第四把傘，傘張開，蹦出一個戴著鴨舌帽的古怪孩童，那孩童模樣像是個極其頑劣的小學生，手上持著一把怪模怪樣的瑞士刀——

「哇！又是你這小王八蛋，你成天在我身上切切割割，玩不膩呀！」硯先生連連怪叫起來。此時的他思緒和談吐又比前些日子更靈活了些——起初黑摩組畏懼硯先生的力量，使用壞腦袋的力量抑制他七情六慾，此時硯先生被煉進了傘裡，力量受到傘術限制，安迪便減弱了壞腦袋的力量，讓硯先生腦袋更接近正常時期，讓他心智能夠更清楚地回憶往事，協助艾莫破解壞腦袋裡的第十道鎖。

那鴨舌帽小怪童嘻嘻笑著，從瑞士刀扳開一柄刀，摸了摸刀身、舔了舔刀刃，來到硯先生身邊，揪著他胳臂一割，割開一條破口。

捧著陶罈的駝背老頭跟在鴨舌帽小怪童背後走來，從陶罈中挖出一團東西，那團東西在老頭手上游移竄動，是一群五色斑斕、大小不一的螞蟻；老頭將那團螞蟻往硯先生胳臂一抹。

「哇——痛死我啦！」硯先生扯著喉嚨怪叫起來。「這什麼螞蟻，怎麼我以前從沒見過呀——」

大大小小的螞蟻瘋狂鑽入硯先生胳臂上那條刀傷中噬咬起來。

風衣男人來到硯先生另一側，從口袋中取出奇異刑具，對硯先生的一條腿施起刑來；尖指甲女人站到了硯先生正面，伸手在硯先生臉上扒抓起來；駝背老頭忙著將一團團螞蟻，抹上男人和女人在硯先生身上新造出的傷口。

這些傢伙，都是這段時間協助王寶年煉製硯先生的傘魔，王寶年令他們對硯先生施以酷刑，消耗硯先生的力量，折磨他的心智，調教他的服從性。

「哇、哇哇哇，安迪、安迪！」王寶年瞪大眼睛，盯著自己微微發顫的雙手。「這老狐狸還有力量——」

「我知道。」安迪點點頭，吸了口氣，扶著巨傘傘柄緩緩站起身來，催動起更大的力量，令一團團紅光纏繞上王寶年的雙手，協助他壓制硯先生傘——硯先生此時雙眼閃動著青森光芒，體膚微微變色，甚至竄長出稀疏的長毛。

「你知道還不快叫壞腦袋幫忙！」王寶年抖了抖傘，使伏在傘面上的壞腦袋身子微微挪動了幾吋，垂在頸子下的草紮腦袋胡亂晃了晃。

「別急，他掙脫不了——」安迪全身溢出蒸騰紅煙，一雙握著王寶年巨傘的雙臂浮現出有如熊熊火光般的艷紅幻影。「我能夠感覺得出來大狐魔全身魄質的變化，現在的他，差不多已經是強弩之末了……只要撐過幾波爆發，我們就能夠完全控制他了……」

「撐過幾波爆發？問題是撐不撐得過呀……」王寶年瞪大眼睛，還想說些什麼，陡然感到眼前紙傘傳來更加巨大的力量，連忙鼓動起全力，眼耳口鼻都噴出黑氣，令繞在他胳臂上的鐵鍊嘩啦啦纏上他雙手、捲上傘柄，助他壓制硯先生這最後的反抗。

原本圍在硯先生身邊的男人、女人、老頭和怪童，都被這巨大怪力對抗震倒滾遠，硯先生的身子微微騰空起來，身上黑毛竄長更多，全身開始變形，頂出了狐鼻、生出了狐耳、抖出了狐尾，體型逐漸碩大，低伏在地上，望向王寶年和安迪，露出了凶惡目光，像是一頭鎖定了獵物的獸。

「喝……哇……安迪！」王寶年將紙傘一抖，將硯先生身子甩出數公尺外，王寶年的雙臂劇烈顫抖，自紙傘上傳來的巨大魄質，彷彿要震碎他胳臂甚至是全身般。「我快不行啦！」

「你行的。」安迪滿額大汗，頭臉上浮凸起詭異筋脈，嘴角卻仍掛著微笑，他張了張嘴，吐出血紅凶煙，雙眼也炸射出紅光。

紅煙和紅光在空中凝聚成一雙更加巨大的紅色血手，牢牢握住王寶年捏握紙傘的枯手，令王寶年雙手不再劇烈顫抖。

「喫——喫——」伏在地上的硯先生，此時已經變成了一隻巨大的黑毛狐狸，比虎還大、比牛還大，幾乎有一輛廂型車那麼大。他悶吼一聲，以後足踩地站起，腦袋超過一層樓高。

這隻巨大的黑毛狐狸，就是千年狐魔硯先生的真身。

王寶年手中紙傘那絲絲縷縷的流光，還牽連著硯先生手足和全身，但硯先生似乎仍反抗著絲線的術力，他舉著狐腳，一步一步往前，咧開滿布利齒的嘴、揚起凶惡大爪，彷彿想將眼前的王寶年和安迪扒成碎片、嚼成肉泥。

但硯先生又走出幾步，突然跪倒下來，身子逐漸縮小、黑毛褪散脫落，狐嘴、狐耳和狐尾都漸漸消失，又變成了那個小老頭模樣，虛脫般癱在地上。

跟著，硯先生連小老頭的模樣都維持不住，身子持續縮得更小，變成了一隻小型犬大小的小黑狐狸，這是硯先生千年前的模樣——

甚至連一般狐狸的體型都不如，當年硯先生尚是幼狐便死去了，魂魄卻僥倖未滅，修煉了千年，成了日落圈子裡天下無敵的大狐魔。

此時的硯先生，小小的狐身上肋骨起起伏伏，舌頭垂在嘴巴外，像是隻累壞了的老狗，連將舌頭收進嘴裡的力氣都沒有了。

安迪喘著氣，額上筋脈都滲出了血，笑容顯得疲累而僵硬；王寶年雙手則有些扭曲發白，胳臂和全身都顫抖個不停，喘了好半晌氣，才說：「安……迪，我真想不到有這麼一天呀……我竟然得靠你教我操傘……」

「我沒教你操傘……」安迪拭了拭汗，說：「我只是給你信心，幫你一把而已。」

「要是……」王寶年說：「要是你是我王家後代那該有多好呀……安迪，不如你找個女人、生個孩子，認我當乾爺爺如何……」

「這件事以後再談吧……」安迪乾笑兩聲，又盤坐下地，盯著倒在數公尺外的硯先生，剛剛被震遠的鴨舌帽小鬼、男人、女人以及螞蟻老頭等四隻傘魔，又嘻嘻笑地圍了上去，將癱在地上的硯先生扶起，取出各種酷刑工具，繼續對著變成小狐狸模樣的硯先生施虐。

宋醫生遠遠走來，他此時赤裸著上身，胸腹間還纏著層層紗布，像是重傷初癒般。

「情形如何？」安迪開口問。

「麗塔受傷了。」宋醫生左肩也纏著厚重的紗布，左手以巾布吊在胸前，走到了安迪身旁。「那怪小子的力量超乎尋常，就算艾莫和麗塔合力，都未必能逮住他……」

「下次別輕易接近他，遠遠觀察就好。」安迪點點頭說。

「艾莫說他觀察有些成果，這幾天加把勁，說不定就能解開第十道鎖了。」宋醫生繼續說：「『巨腦』的進度也很順利，差不多就要完工了——靈能者協會運來的人工魄質品質一流，加快不少進度，可惜當時那怪小子破壞了我們的計畫，協會已經重新派人來調查情況了……」

「可惜我們無法看見協會高層們查明眞相後的表情。」安迪哼哼一笑。「邵君和鴉片狀況怎樣？」

宋醫生走到安迪身邊，彈了彈指，令安迪身邊出現一張椅子和擺著紅酒的小桌，他坐下開酒，自斟自飲；桌邊豎起一面巨大螢幕，螢幕畫面上出現兩張病床，分別躺著邵君和鴉片。

兩人的身體有些拼裝痕跡，全身插著密密麻麻的奇異管線，床邊圍繞著一群模樣古怪的醫生，持續監視兩人身體狀況。

「他們的身體復元得差不多了——」宋醫生說：「那天毀壞的指魔也換上了新的，再過兩、三天就能下床，但或許需要一點時間熟悉新指魔。」

「你不會氣他們吧？」安迪這麼問。

「有什麼好氣的。」宋醫生攤了攤手。「當時換成是我，一樣逃不過。」

那天清泉崗機場一戰，邵君和鴉片受到了張意的反控制，轉頭追殺宋醫生——那不只是黑摩組三人間的內鬥，更是三十餘隻強大指魔間的對抗。

宋醫生在即將逃回台中港時，被邵君追上。

邵君的攻擊毫不留情，如同窮凶極惡的魔神，緊跟在後的鴉片更像是地獄魔王一般；宋醫生直到那時，才稍微明白包括自己在內的黑摩組五人，令敵人感到的那種恐怖壓迫感。

鴉片和邵君在心神受到控制的情況下，催動出的力量遠比之前幾戰都來得凶暴猛烈——不會掉以輕心、不會戲耍對手、並未被激怒而犯錯，而像是個純粹的殺戮機器，全心執行張意的命令——

「打死那個眼鏡仔。」

在邵君和鴉片的全力夾攻下，宋醫生的左手被邵君硬生生扯下，胸腹被鴉片擊穿一個大洞。

從台中港指揮部急急趕來的安迪和莫小非，在宋醫生被撕裂之前，總算阻下邵君和鴉片將要擊在宋醫生身上的致命一擊。

黑摩組五人，便在兩人心神受控、兩人不明所以、一人一知半解的情況下，進入慘烈內鬥的第二回合。

安迪的力量終究勝過另外四人一大截，他摘去了全部的戒指，帶領莫小非，擊凹鴉片腦袋、劈裂鴉片身體、扳斷邵君四肢之後，終於制伏了他們。

當晚，安迪下令將重傷的鴉片和邵君送回黑夢核心醫治，令宋醫生坐鎮台中港，自己帶著莫小非南下攻打阿滿師——那夜強攻和後續幾日的攻擊，目的是替台中港的宋醫生爭取更多時間，整備整條封鎖線的資源和人力，全數運回黑夢核心。

「他們那台車還眞好用，車上還能種樹，樹旁邊的那個小圍籬……該不會是廁所吧？」宋醫生盯著另一面自腳邊升起的螢幕，望著巨大空間底下的妖車，見妖車眾人以妖車作爲生活起居中心，還在妖車旁用起餐來。說：「艾莫說那台車裡有厲害的保護結界，和當初中和那怪老鬼的圖書館一樣，黑夢攻不進去。」

「無所謂，讓他們來。」安迪笑了笑，說：「我很好奇，他們那支隊伍，究竟能前進到什麼地步，他們看起來信心滿滿，像是在郊遊玩耍一樣。」

螢幕裡的妖車，像是一輛露營車；眾人圍繞著長門，像是並未受到剛才那場大戰影響太多心情，他們彼此接遞著食物，談笑闊論著。

「伊恩支撐著那群年輕人的意志。」宋醫生輕啜著紅酒，盯著螢幕說：「他們種在車上的那神草，生出能夠化爲肉身的果子，讓伊恩短暫地恢復人身。雖然目前似乎有些缺陷……但安迪，你得做好和重臨人世的伊恩決一死戰的準備。我們幾人之中，只有你能和他一戰。」

「我一直在準備。」安迪嘿嘿笑著說：「甚至於相當期待——不過，我可不會像熱血漫畫裡的奇異反派一樣，爲了和強敵一戰，而反過來幫助他。那些小朋友將希望寄託在他身上，我只好破壞他們的希望了。」安迪望著螢幕上妖車車頂的百寶樹。「那株樹，就是你說的神草是吧。」

「應該是。」宋醫生點點頭。「或許當時我收到的情報不完全正確，又或許那種草人這段期間另外煉出了新成品——總之他們擁有和我那些種子一樣厲害的神草，且還不只一株。」

宋醫生像是知道安迪想說什麼一般，不等他開口，便繼續說：「樹老師已經想出幾種對付那棵樹的方法，現在正在全力準備。」

「嗯……」安迪點點頭，又問：「那麼……紳士找到了沒？」

「沒有。」宋醫生說：「那路人馬很刁鑽，他們的貘挖出的地道，遠比我們原先預估得更大且更複雜……」

「就算用淑女也誘不出那隻老鼠？」安迪這麼問。

「他們像是對這一點早有準備。」宋醫生揚了揚手，撥動一面螢幕上的畫面，令那螢幕出現一個女人——

淑女身子蓋著灰色薄布，躺在一張鐵灰色的石床上；她的頭頸及露在布外的胳臂和小腿都帶有傷痕，是數天前她指揮三支敢死隊攻入黑夢核心時，與萬古大樓守軍作戰時造成的傷勢。

在晝之光原本的作戰計畫裡，並未料到黑夢核心還有艾莫和麗塔坐鎮，事實上大多數人都不知道世間有艾莫和麗塔這兩人，只有極少數的人約略聽說過四指前後任頭目間的片段傳聞。

淑女和敢死隊便在以爲黑摩組五人全力盡出，只留雜兵鎮守黑夢核心的情況下，自獏掘出的地道，快速攻入萬古大樓——

遇上那黑夢的研發主謀艾莫和麗塔。

淑女戰敗受擄。

她在受擄前，使出了最後壓箱法寶，在腦袋裡施展了一個小型結界，將自己的心智牢牢封鎖起來，令她進入長眠狀態——

在這樣的情況下，任何一個人、甚至是一個孩童，都能輕易奪走淑女的性命；卻無法控制她的心靈。

「這招眞絕。」宋醫生冷冷笑了笑，望著石床上的淑女，說：「這個法術是紳士和淑女共同研究出來的，紳士很清楚這法術的效果，他知道淑女現在正身處在美麗的夢境裡，我們可以殺了她，使夢境中斷，卻無法造成她額外痛苦，也無法控制她的心靈，除非——」

宋醫生說到這裡，又招了招手，令螢幕畫面再次變化，切換到一間古怪小室，小室裡也擺著一張床，上頭躺著的那怪異傢伙正是壞腦袋。

此時壞腦袋那顆腦袋上，貼著密密麻麻的奇異符籙，將他那小小的眼睛、鼻和嘴巴幾乎都遮蔽起來；床旁還擺著各式各樣的古怪法器，像是一個複雜的法陣。

艾莫斜斜窩在小床外不遠一張木椅上，直勾勾地盯著壞腦袋那顆大腦袋，沉默苦思著。

「目前，進度還是『九之五』？」安迪問。

「對。」宋醫生說：「只剩下最後半道鎖，壞腦袋的完整力量，已經近在眼前；但在解開前，也等於遠在天邊——只要解開第十道鎖，破解淑女腦袋裡的封印法術應該輕而易舉，但擁有壞腦袋完整的力量，其實也沒有必要利用淑女要脅紳士了。」

「你剛剛說，伊恩支撐著這群年輕人的意志……」安迪瞥了螢幕上那圍繞在妖車旁野餐的張意等人，又將目光放回硯先生身上，說：「我更好奇，即便有伊恩的支撐，他們的意志能夠堅強到什麼程度。」

「至少長門看起來沒那麼容易被擊倒。」宋醫生望著螢幕中的長門，只見她精神雖然有些憔悴，雙眼仍有些紅腫，但臉上掛著淡淡的微笑，舉止有禮地透過神官與眾人交談。「晝之光的夜天使，在心靈上應該無懈可擊，或者說，他們早已習慣各種重擊——但其他人嘛，呵呵……」

宋醫生說到這裡，頓了頓，飛快揮了揮手，將螢幕畫面切成數塊之後一一放大，分別顯示著妖車隊伍裡每一個人，說：「安娜看起來像是伊恩之外的指揮官，但她是這圈子裡的老手，應該沒那麼容易上鉤；天才傘師郭曉春怎麼看，都與這個圈子格格不入，那種草人的外孫女更是剛踏入這圈子的外行人，這兩位小妹妹，應該是他們的漏洞——要是她們見到自己爺爺和外公，落到我們手中的樣子，應該要崩潰了。」

宋醫生說到這裡時，取出手機，撥了號碼。

莫小非的笑聲和視訊畫面，自手機螢幕傳出。

「你們還在欺負大前輩呀，寶年爺動作怎麼那麼慢？大前輩還是不聽話嗎？」莫小非哈哈笑著。

「說得簡單……」王寶年聽見了莫小非的聲音，氣惱地說：「我每開一次傘都要消耗好多力氣，妳下次有膽子自己來開開看，別靠壞腦袋壓他。」

「好呀！」莫小非嘻嘻笑著：「我要書念幫我。」

「妳準備好了嗎？」宋醫生問。「阿滿師那邊情形如何？」

「他們蓋出一座好好笑的城堡喔。」莫小非笑著，喊來幾名隨從，捧來一只平板，對著視訊鏡頭滑了滑，滑過幾張照片。

是阿滿師那三合院的照片。

只見整座三合院連同外埕和半月池，全被密密麻麻的青竹包圍起來，那些青竹竄結成一座巨大如城的蒙古包，將整座三合院外圍連同天空全部遮蔽起來。

而在青竹籬牆之外的土地上，堆積著一團團扭曲的古怪金屬支架、大型看板招牌和各種廢棄物，那些金屬支架像是泥鰍般在青竹籬牆上鑽著、扭著；廢棄車輛轟隆隆撞著竹牆。

「這臭城堡看起來很笨，但很堅固，我用黑夢硬拆好幾個小時都拆不掉。」莫小非說：「我在牆上開了一些洞，放蚊子進去也沒用，竹牆裡面還有何孟超的結界，蚊子進不去……」

「但阿滿師三合院不像宜蘭雜貨店地底有古井魄質支撐，我們會持續供應黑夢力量讓妳使用，他們的結界造得再精密，沒有能量補給，頂多支撐兩三天。」宋醫生說：

「這兩、三天裡，妳好好想點花招。」

「想什麼花招？」莫小非好奇地問。

「讓那種草人的外孫女跟天才傘師，一看見就要哭得稀里嘩啦，拿不動傘也澆不了花的花招。」宋醫生這麼說：「她們兩人的爺爺跟外公，都在那座『怪城堡』裡。」宋醫生說到這裡，還補充：「她們應該沒辦法像陳碇夫一樣，有那麼多閒工夫，練出可怕的身手找我們報仇才對。」

「好好玩喔，可是我沒想過虐待噁心的臭老頭子耶，好討厭的任務喔，應該叫阿君來陪我。」莫小非哈哈笑著說，又一揮手，遠遠地令青竹牆外，又掀起一陣新的鋼鐵廢棄物，那些廢棄物轟隆隆地彷如攻城車般，一陣陣撞擊著包覆在三合院外的青竹堅牆。

05蟑螂

妖車左側車身，此時猶如外掀式車門般向上揭開，像是雨棚般遮著左側車身底下的青蘋等人。

眾人圍著幾座爐火，坐在小椅或是石頭上，腳下是青翠草地，四周有好幾株樹。

堆在爐火上是幾大鍋泡麵，眾人分別持著塑膠小碗，配著一個個罐頭，享用著這頓晚餐——他們自美濃出發時，除了攜帶了不少筍乾和乾糧之外，也從沿途超市賣場搜刮了不少糧食和飲水。進入黑夢之後，儘管已經難以取得新鮮的肉類，但乾糧、零食、飲料倒是一直不缺。

妖車車廂裡，堆積著如山般的食物和飲水，讓眾人在進入萬古大樓之後，能夠支撐數天以上；妖車鐵皮小廁所裡有著簡易的水流設備，安娜在妖車車身中以結界術造出能夠儲存大量清淨水源的空間，讓他們在沿途經過的民宅或是店家裡，取得充足的水源。

至於百寶樹上的人身果此時則有六顆，比青蘋最初預期的多了幾顆——

這是因爲青蘋在與伊恩討論之後，使用孫大海教導的植樹法術，調整百寶樹的營養分配——用整株樹一半的能量，養一顆果子；再將另一半能量，分成兩半，一份養兩顆果子、一份專門用以生長新果子。

此時樹上，其中一顆生得最是完整漂亮；另兩顆樣貌稍微差些，卻也有一定分量；餘下三顆新生而出，乾乾癟癟，供伊恩隨時練習。

妖車四周還圍著一圈以曬衣架和風箏線搭出的籬笆，那是安娜研究出的「移動式針陣」，作用是增加眾人休息時的活動空間，而無須長時間蜷縮在被食物佔滿的妖車車廂裡疲憊待命。

那移動式針陣抵擋黑夢的力量雖然不算嚴實，但在敵人發動黑夢力量襲擊時，可以替身處在妖車外頭的眾人爭取到數分鐘的上車時間。

不久之前，在那場體育館空間裡與天之籟一戰後，他們休息了好幾小時，才繼續往前推進。

一直到傍晚時分，眾人在這塊古怪草地停下紮營。

這塊草地約莫數十坪大小，形狀錯亂歪斜，草地的盡頭是猶如被剖開後又重組堆疊的古怪房間和牆壁；抬起頭來，約莫五、六公尺的高度，全是顛倒錯亂的屋頂斜面，有水泥頂樓，也有瓦片或是鐵皮屋頂；草皮上一株株大樹的頂端，像是嵌進了那些屋頂一般。

雖然此時四周空間被黑夢增築得雜亂而古怪，但眾人從四周殘餘的過往建築和當前身處的環境，推測這片草地應當是台北市二二八公園裡某處綠地。

次時他們距離黑夢萬古大樓僅剩一公里左右路程，若在過往正常時期，從這兒隨性步行到西門町萬古大樓，也只需十餘分鐘；此時即便他們必須依靠張意「開路」前進，還不時得與稀奇古怪的黑夢衛兵和四指殺手作戰，也僅須花費一、兩小時，便能夠抵達萬古大樓。

「奕翰，你還可以嗎？」青蘋不停揭開沿路自商店搜刮來的洋芋片和零食，遞向盧奕翰。

盧奕翰接過一包包洋芋片，先將整包洋芋片捏碎，再一口氣倒入嘴裡大嚼，然後配飲料吞下。他皺了皺眉，說：「胃完全沒問題，只是……」他張大嘴巴，伸了伸舌頭。「吃太多洋芋片，嘴巴都破了……」

「借你用用。」夏又離拋來一隻全身綻放微光的小花貓——這是墨繪術裡的「貓舌咒」，能夠治療簡易的皮肉傷。

「這怎麼用啊，我破洞在嘴巴裡啊……」盧奕翰捧著那小貓，左右翻看，他知道墨繪貓舌咒治傷倚賴舌舔，但見那小貓雖小，腦袋卻也有孩童拳頭大，若要替他治傷，便要將整個腦袋鑽進他嘴巴裡。

「又離，你長時間跟天希娘娘廝混在一塊兒，學壞囉。你想要奕翰將一隻活潑可愛的小貓咪塞進嘴巴裡，那畫面能看嗎？」夜路捧著他那筆記型電腦，一面敲著鍵盤，斜眼睨視著夏又離。

「那是墨繪術，又不是眞貓！」硯天希瞪大眼睛，挺直了身子，望向夜路。「小作家，你對我的意見特別多喔？」

「不不不。」夜路連忙改口：「我是指，大家看了不舒服……」

夜路還沒說完，便聽盧奕翰嘔了一聲，將那墨繪小貓從嘴裡拉出，原來那小貓將腦袋探進了他嘴裡，轉來轉去，卻找不著他嘴裡破口，倒攪得他喉頭發癢，連連乾嘔。

夜路嘿嘿地說：「看吧，很噁心對吧！」

盧奕翰吁了幾口氣，拿起一瓶兩公升裝可樂猛灌起來，他此時腹中阿弟持續作用著，將他吃進肚子裡的食物，轉化成魄質。他的後頸、雙肩、兩側腰肋處，分別都有數條細絲瑩瑩發亮，一股股淡淡流光潺潺不絕地往一旁的張意身上流去。

周圍每一個人，甚至連同三隻鳥及伊恩斷手，身體上都扎有雪姑的蛛絲——伊恩知道當他們更加逼近黑夢核心時，敵人必定隨時伺機而動。

伊恩將所有人以蛛絲連結，施展引流法術，讓所有人的魄質都經過張意身體，沾上些許張意那不受黑夢影響的能力，藉此進一步抵擋黑夢。

在雪姑控制下，這些蛛絲即便糾纏在一塊兒，也能融合為一之後再分開，因此眾人並不會讓蛛絲纏著、絆著而妨礙了行動。

張意腰際，則斜斜揹著一個隨身水壺，那水壺約莫六百毫升的寶特瓶大，水壺上的蓋子經過加工，也扎著雪姑銀絲，與張意身體相連。

這個水壺的作用猶如一顆外接電池，伊恩在水壺裡外也施下法術，像是攔河堰般，截下一定比例的魄質，轉存入水壺中——這是伊恩在與盧奕翰討論過腹中小鬼阿弟之後，想出的主意。

阿弟能夠將盧奕翰吃下的食物轉化成魄質，伊恩能夠將魄質引出人身，張意則能將魄質嚴實封存在瓶子裡，三者合而為一，便成了張意腰際這「行動電源」，以供不時之需——在進入萬古大樓之後，他的任務會加重許多。

「如果我們早幾天想到這方法，應該可以囤積更多能量……」夜路隨口說著。

「不……如果協會早幾年想到這辦法，秦老他們甚至不用依賴外援，只要把奕翰五花大綁，二十四小時餵食，就能造出封鎖線了……」

「我靠，你把我當乳牛啊！」盧奕翰瞪了夜路一眼，無奈地大嚼零食糖果，跟著又接過青蘋遞來的小碗泡麵，甜鹹交替，才不會膩得難受。

啪——

小蟲抬起腳，望了望腳下那被他踏扁的死蟑螂，隨意將死蟑螂撥遠，正準備繼續吃麵，卻見褲管又攀著一隻蟑螂。

「哇！」青蘋將一碗剛盛好的泡麵，整碗翻倒在盧奕翰身上，她驚見一隻蟑螂不知從哪兒爬上了她手肘；郭曉春放下碗筷，站起身來，急忙抖落攀在她運動褲管上幾隻蟑螂；長門踏死了兩隻蟑螂之後，也站起身，令神官巡視她後背有無蟑螂。

「哇靠——」夜路抓著筆記型電腦自妖車車輪旁彈起，他滿背滿屁股全是蟑螂。

「怎麼回事？」盧奕翰抹去臉上湯汁，只覺得頸間痕癢，伸手一抓，也是隻蟑螂。

「哪來那麼多蟑螂？」摩魔火在張意兩腿間亂竄，咬落一隻隻攀上張意雙腿的蟑螂。「敵人發動攻擊了？」

「黑夢沒有變化啊！」張意跳著腳，抖落一隻隻自草間爬上他雙腳的蟑螂。有些蟑螂只會爬，被張意抖落下地之後，在草間胡亂奔竄；也有些蟑螂會飛，自草間飛起，往眾人身上撞、往爐火飛、往泡麵大鍋裡撲。

「哇——」硯天希瞪大眼睛，望著眼前滿天飛蟑的奇異景觀——她是百年狐魔，過去與乾媽千雪長居山中時，除了食魚食肉和花草野果之外，也喜歡吃些昆蟲作爲點心，她一點也不怕蟲，甚至於十分喜愛。

自然，她被封印在夏又離體內十年，幾乎要忘記了昆蟲的滋味，即便後來甦醒，夏又離也不准她吃蟲，因爲她沒有自己的身體——

現在卻不一樣了。

「哪來那麼多蟑螂？」硯天希飛快地探手摸抓，自身邊、自腳下、自臂後、自夏又離的身上和四周抓下一隻隻蟑螂，捧在雙掌心上，像是捧著滿手糖果般笑顏逐開地嚷嚷叫著：「好好玩呀！」跟著她注意到身邊眾人儘管同樣毛躁激動，但理由顯然與她大不相同。

「又離，你不是說你不怕蟑螂嗎？」硯天希將滿手蟑螂，往夏又離頭上一撒，哈哈大笑起來。「爲什麼你們碰著蟑螂，比碰著四指還驚慌？」

「天希，不要鬧啦！」夏又離被撒了滿頭蟑螂，像隻淋了水的貓般躁動蹦跳甩動撲拍著全身，他見硯天希抓著蟑螂要往嘴裡塞，立時一把抓住她的手：「妳幹嘛？」

「吃呀……」硯天希說。

「不行！」夏又離堅持。「這是蟑螂耶，妳又瘋了嗎？」

「我知道這是蟑螂呀！」硯天希怒氣沖沖地拍開夏又離的手。「我哪有瘋，我是狐狸，狐狸食蟲天經地義，你們人類可以吃牛、吃羊，又來管我狐狸吃蟲？我又不是用你的身體吃，我現在有屬於自己的身體、有屬於自己的嘴巴！」

「可是……」夏又離慌亂之餘，只好說：「可是……我不喜歡跟吃蟑螂的人親嘴……」

「是嗎？」硯天希瞪了夏又離半晌，冷笑幾聲，將那隻在她手中躁動掙扎的蟑螂輕含在嘴裡，一扭身將夏又離按在草地上，將嘴湊了上去，嘰哩咕嚕地說：「你不喜歡也沒用，我喜歡就行了，唔——」

這頭，伊恩獨目藍光閃動，盯著妖車，突然高呼：「保護人身果！」

四處蹦跳躲避蟑螂的眾人，聽了伊恩叫喊，都望向妖車車頂那小陽台，只見百寶樹上，已經爬著密密麻麻的蟑螂，同時，在那小陽台旁的鐵皮小廁所頂端，蹲伏著一個古怪人形——

一個由蟑螂堆聚成的人形物。

那蟑螂人伸長了手，揪住百寶樹抓去，啪啦一聲拔斷了百寶樹一截枝；他拋下手中斷枝，再次探長身子，像是想將百寶樹整株連根拔起。

「磅磅磅」三記槍響。

蟑螂人腦袋炸裂、胸膛破開一個大洞，伸向百寶樹的胳臂也被擊斷。

現身在張意背後的克拉克，高舉著的狙擊槍槍口光煙流溢，磅地再開第四槍，將那蟑螂人另一條胳臂也擊斷。

但那蟑螂人碎散的腦袋和破開的胸膛迅速被周圍其他蟑螂填滿，兩條斷臂在空中散開又重新聚合，接回原位。

這甫復原的蟑螂人正要再次對百寶樹出手，便被氣急敗壞拉著車門和黃金葛莖藤往小陽台上攀的青蘋，甩動黃金葛莖藤捲上全身，轟隆一聲，燒成一團閃耀金火。

吱吱——嘶嘶——燃成火球的蟑螂人發出一陣陣古怪燒裂聲響、散溢著焦臭氣息，往百寶樹傾倒垮去。

「不准碰——我的樹！」青蘋翻入小陽台裡，摔在蟑螂堆上，奮力甩動黃金葛，令黃金葛葉片飛長竄大，像是一把把傘、又似一張張網或盾，將落向百寶樹的蟑螂火團彈飛老遠。

同時，摩魘火踩著一張張明燈撒開的黃符，躍上百寶樹，攀在那最大顆的人身果上，咬爛四周一隻隻蟑螂，再射開一張張蛛網，將逼近人身果的蟑螂盡數網住。

「呀！什麼東西？」妖車驚叫一聲，歪歪斜斜地往上浮起。在妖車底下，是幾柱不停竄長古怪黑樹枝，纏住了車底，將整輛車往上舉起。

張意在雪姑蛛絲操縱下，身形飛快竄入妖車底部，握著伊恩斷手拔開七魂，紅光閃現，將舉起妖車的粗壯黑樹枝斬成碎塊。

妖車尖叫著往下墜，卻沒壓著下方的張意，而是被自車尾現身的霸軍和竄到車頭的無蹤，加上兩側的老何巨手聯手扛著，往旁抬出一段距離後放回草地上。

張意反轉伊恩斷手，將七魂刀尖對準腳下草地刺了數刀，切月紅光如同鑽地飛彈般打進地底。

嘶嘶——草地底下發出一陣古怪呻吟，轟隆隆地震動起來。

「小心，他們的目標是人身果！」安娜甩動長髮，探入車裡，將郭曉春的護身傘箱捲出，拋給化為人身的阿毛，阿毛再從傘箱中抽出一把把傘拋給郭曉春。

郭曉春接著那些十二手傘和長柄，手忙腳亂地組裝起來，但此時她的動作僵硬緊繃，顯然被四周亂竄的蟑螂嚇得六神無主，屢屢漏接阿毛拋來的傘，甚至連十二手傘的長柄都組裝不順。

幾隻蟑螂從她背後爬上她頸子，往她耳朵嘴巴鑽，嚇得她連傘都棄了，彎著腰撲拍臉蛋，尖叫起來：「呀，白鶴快來救我——」

落在地上的白鶴傘，像是聽見了郭曉春的求救，倏地自地上竄起，在郭曉春頭上張開，白鶴嘩啦落下，張開大翼，搧出片片白羽在郭曉春周身飛旋，擋下新飛來的蟑螂，同時又快又準地將郭曉春身上亂爬的蟑螂一隻隻啄落。

郭曉春這才得以喘息，從地上撿回十二手傘和長柄，喚出十二手鬼，撿回一把把傘，紛紛張開；但很快又被自腳下草地不時竄出的新蟑螂嚇得蹦蹦跳跳。

幾束安娜長髮捲上郭曉春腰際，將她連人帶傘拉上妖車加蓋車廂頂部，讓她安穩操傘；郭曉春吁了口氣，高高舉起護身傘，紙傘紛紛張開，傘魔飛梭落地，在妖車周圍結出堅城陣勢。

鳳凰傘下竄出大批鳥隊，在郭曉春號令下，那些鳥隊不像以往那般整齊結隊，而是分散游擊四周蟑螂。

「殺啊——」小八和英武混在鳳凰傘鳥隊裡，與漫天飛天蟑螂交戰。他們見到底下長門持著三味線與幾個蟑螂人遊鬥起來，見長門的動作迅捷依舊，攻守間卻有些不自在，便一左一右飛梭下去支援長門。

「大白文……我們……來幫你跟……你家小姐啦！」小八塞了滿嘴蟑螂，飛在神官身邊，向他展示咬在喙裡滿滿的蟑螂。「我們來比……誰能吃下更多蟑螂！」

「我吃十六隻了！」英武也塞了滿嘴蟑螂，飛到神官身後，嚷嚷叫著：「九官！

我們一直鬥氣鬥嘴也沒意思，乾脆來較量一下，輸的向對方道歉，認對方做老大，如何？」

「什麼？」小八聽英武這麼說，可不服氣，立刻加快速度，啄下爬上長門身子的蟑螂。「十四、十五……唔唔，好香喔！十六，英武，我也吃十六隻了！十七、十八……」

「什麼！」神官儘管不像人類這麼害怕蟑螂，卻也沒有吃食蟑螂的習慣，但見小八和英武聯手替長門驅趕蟑螂，不但沒有理由驅趕他們，更不干落後他們，卯足了全力幫忙啄咬。「第五隻……第……第六隻……嘔……」

「喔！你第六隻沒吞下去，偷偷吐掉！」小八嘎嘎叫著：「我看得很清楚，你不要作弊喔！二十一、二十二、二十三——哎呀，可惜沒帶婆婆的豆腐乳跟辣醬……少了一味呀！」

此時整片草地區域與建築物相連的邊際，爬起一枝一枝色澤漆黑的古怪樹枝；樹枝彼此糾纏、飛快往牆上爬，還生出一顆顆五顏六色、大如籃球的果實。

「阿毛！給我雀兒傘——」郭曉春站在妖車車頂指揮傘魔作戰，收回幾把作用不大的傘，換上阿毛領命擲來的新雀兒傘；這雀兒傘是阿滿師挑出的備用傘之一，專責對付毒蟲——四指驅蟲做惡並不稀奇，全球許多四指組織甚至獨行異能者，都身懷驅蟲法術。畫之光陳碇夫身體裡那些魔蟲卵，便是劫自東南亞四指蟲師組織。因此見多識廣的阿滿師早有準備。

此時熊仔、虎仔打地鼠般揮掌拍擊草地鑽出的蟑螂，毒蛇隊在草間翻騰吃食蟑螂，土龍在土裡穿梭攪碎蟑螂，鳳凰傘鳥隊連同白鶴，再加上雀兒傘裡的上千麻雀，四面飛舞、守護妖車眾人。

「哇！都被搶光啦！」小八和英武見郭曉春雀兒傘一開，近千隻麻雀伴著數百鳥隊，一下子清光了周遭大半蟑螂，急得紛紛落在草地上尋新蟑螂。小八翻開一片青草，見到好幾隻蟑螂，說：「草地上還有好多！四十八、四十九、五十……喂！我吃五十隻了，你們要叫我老大了。」

「我也四十九啦！」英武不甘示弱地在另一邊拚命啄蟑螂。「五十、五十一……」他一面狂食蟑螂，一面抬頭望著飛在空中的神官說：「咦，你不下來？你落後很多囉！」

「我又沒說要和你們比賽！」神官喘著氣說：「我的職責是要保護長門小姐，你們貪吃自己去吃，我才不吃那種噁心鬼東西……」

「我看你是心甘情願認我作大哥了！」英武哼哼地繼續啄食蟑螂，突然見到硯天希拖著夏又離，撲在他們眼前，雙手上還捧著一大把蟑螂，笑嘻嘻地說：「你們吃得有我多嗎？該認我作大姊了吧。」

她一面說，一面將整把蟑螂往嘴裡塞，津津有味地嚼著，倒在她身旁的夏又離臉色鐵青，嘴角還沾著些許蟑螂殘肢，像是已經放棄干預硯天希的飲食習慣。

「不公平啊！」小八連連抗議。「妳嘴巴大、手也大，妳一把就能抓一百隻蟑螂，我們怎麼跟妳比！」

「是呀。」英武也說：「眞要比的話，應當跟郭曉春比，她傘裡放出來的鳥兒，應當已經吃下幾千隻蟑螂了。」

「哎呀！她又不是自己吃的，要幫手是吧，我也有啊！」硯天希可不服氣，翻掌畫出懶人手，跟著數隻手飛快畫咒，放出一批青綠色的小蛙，那群小蛙蹦蹦跳跳，舌頭猶如拳擊手的刺拳般飛快突擊，一下子便吞光大批蟑螂。

「哇，天上的被搶光，草裡也要被搶光啦！」小八和英武見這批墨繪咒蛙食蟲速度比麻雀還快，立刻分頭急著找新蟑螂。

草地遠處，爬在建築壁面上的漆黑樹枝結出的一顆顆碩大果實像是熟得透了，有的啪嚓裂開，有的落地砸成兩半，竄出更多蟑螂和各式各樣的毒蟲。

「啊！」青蘋佇在小陽台上捏著黃金葛保護百寶樹，她本來也極厭惡蟑螂，但此時倒像是個守護幼兒的母親般，又拍又搥又捏又踩地宰光了小陽台上所有蟑螂。跟著，她感應到遠處那群奇異黑樹枝散發出的熟悉氣息，陡然驚呼起來：「這樹不是我家的神草種子嗎——」

「是……呀……」草地遠處的黑樹枝盤結出一個古怪人形臉孔，臉孔五官變化挪移，嘴巴張張闔闔，發出奇異說話聲音。「妳是造出這些種子的男人的後代孩子嗎？那男人怎麼沒來，我眞想親自見他一面呀……」

「你誰啊你！」青蘋自小陽台上站起，拍落臉上身上的蟑螂殘渣，氣憤地指著那樹枝大臉說：「你偷了我家種子，結果種出這種鬼東西！還好意思說想見我外公？你有本事怎麼不敢露面？你躲在樹裡說話？」

「他們都叫我『樹老師』……我一直對種花種草很有興趣……我很感謝安迪這些人，願意找我參與他們的遊戲……」那自稱是樹老師的樹枝臉孔這麼說。「小妹妹，我很想親自見見妳的人，見見妳的樹，見見妳外公，但你們那兒有個能夠操控人腦的小伙子，我不敢露面呀……」

「找不到人？」伊恩盯著遠處那樹老師以黑樹枝結成的大臉，低聲問。

「對啊，到處都沒有動靜……」張意點點頭，又閉起眼睛，此時四周黑夢氣息一點也沒有變化，附近並沒有像是艾莫、麗塔、黑摩組成員或是齊藤鬼兵那樣擁有高層黑夢權限的人。

「也是……」伊恩說：「這裡距離萬古大樓已經不遠，他們不須要親自現身，直接藏在萬古大樓裡，就能指揮這些東西來襲擊我們……」

「但……」樹老師繼續說：「我可以派一些小朋友陪你們玩玩……」

此時草地外周圍建築幾乎被漆黑樹枝團團覆蓋起來，那些樹枝攀到上空那錯亂交疊的天花板，也未停下生長，而是持續纏繞漫長，像是結繭般將整塊草地空間，連同妖車眾人一同困入這個漆黑大繭裡。

漆黑樹枝上除了不停結出會迸出怪蟲的碩大樹果之外，更結出如同木乃伊大小的巨大果實，幾枚果實崩開，落下幾個怪模怪樣的傢伙；這些樹老師口中的「小朋友」，身形似人似蟲，頭上都有著如同蒼蠅、蜻蜓般巨大而古怪的複眼，雖有人形四肢，但手足構造都像是昆蟲肢節一般。

這幾個蟲師除了模樣似蟲之外，額頭、頭頂或是太陽穴上，都插著三至五枚粗長鐵釘。

「那些人是蟲師！」摩魔火在百寶樹上盯著那些從蟲樹中迸出的蟲師，驚慌喊著：「天之籟和木偶團聯手、種草人和蟲師合作，安迪想替全世界四指派別牽紅線嗎？」

啪嚓啪嚓幾聲，幾名蟲師背後鞘翅大張，倏地往妖車竄來。

位於車頭前方的盧奕翰首當其衝，被一名蟲師那狀似鍬形蟲大顎的右爪掐著頸子，按著他撞上妖車車頭，將車頭撞凹一個大坑。

「啊呀！奕翰主人——」妖車上半身驚恐地自盧奕翰身旁竄出，手上還抓著一支扳手，朝著那壓著盧奕翰頸子的蟲師尖叫猛砸。「放手，你要掐死我其中一個主人啦，你壓得我好痛，快放手——」

那古怪蟲師臉上巨大複眼閃爍著異光，揮動怪肢扒抓妖車，被盧奕翰伸來鐵臂擋下；盧奕翰早在被那蟲師掐著的前一刻便令頭頸鐵化，因此沒受大傷。「躲進去……別出來……」他舉著鐵臂替妖車擋下蟲師幾記扒抓，然後揪著那蟲師猛地扭身，將蟲師扭壓在草地上，騎跨上蟲師腰際，朝著他臉面和胸膛猛擊幾拳。

盧奕翰只覺得自己幾記鐵拳，打在那蟲師臉面和胸膛的蟲甲上，像是打在堅硬的盔甲上一般，蟲師揮動兩隻鍬形蟲大顎狀的雙手，牢牢鉗住盧奕翰腰際，像是想將他剪成兩段；盧奕翰雖然讓腰部也化出鐵身，但只覺得這蟲師箝著他腰部的力量極大，令他全身魄質迅速消耗，才得以勉強支撐住他的鐵身。

大量怪蟲自草地鑽出，爬上盧奕翰身子，往他頭上爬、往他五官鑽。

小蟲突然蹲伏在那被盧奕翰壓在地上的蟲師身旁，雙手扳住那蟲師腦袋，背後刺青怪手竄出，飛快在那蟲師臉上兩隻巨大複眼飛扎了數百針。

「嘶——」這蟲師發出詭異怪聲，鬆開箝著盧奕翰腰際的兩隻鍬形蟲大顎，往小蟲揮打，卻又被盧奕翰一把抓住，讓小蟲完成蟲師臉上兩隻複眼上的小刺青。

小刺青曜起異光，鑽出一條條古怪蜈蚣，啃噬起這蟲師臉孔。

盧奕翰挺直了身子，正想給這蟲師致命一擊，眼角瞥見另一個蟲師來襲，連忙舉臂格擋，一雙鐵臂捱著那蟲師一記重拳，整個人被飛勾騰空——

這蟲師一雙胳臂猶如獨角仙的大角，將盧奕翰高高架上半空；這獨角仙蟲師架著盧奕翰，卻低頭往下望，只見小蟲竟緊緊抓著他的右足，隨他一齊飛上半空。

小蟲驅動刺青鬼臂，飛快在那蟲師小腿上刺了個字，隨即便鬆手落地，刺青鬼臂指甲上的墨汁還牽著黑絲，沾著飛空蟲師的腳；小蟲甫落地，立刻趁前一名鍬形蟲蟲師剛起身時，矮身抱住那蟲師的腳，飛快在蟲師腳上也刺下一枚相同的字——「鍊」。

一條黑色鐵鍊陡然在兩名蟲師小腿之間現形，將他們繫在了一塊兒；雙眼被刺上蜈蚣的鍬形蟲蟲師身子猛地被飛空蟲師拖上半空，慌亂掙扎起來；飛在空中的獨角仙蟲師則也是大吃一驚，連連甩腳，卻甩不拖那條鎖著他倆的刺青鐵鍊。

盧奕翰在空中對著獨角仙蟲師頭上複眼重擊幾拳，將那獨角仙蟲師打得連同鍬形蟲蟲師一同墜回草地，三人在草地上纏鬥起來；鍬形蟲蟲師雙眼被小蟲刺青竄出的蜈蚣咬得無法視物，左腳則和那獨角仙蟲師鍊在一起，行動不便，胡亂揮舞著蟲肢大顎，三扒之中倒有兩扒都往夥伴蟲師打去。

另幾名蟲師則分別攻向妖車其他人，兩個被硯天希揮動破山大拳打裂蟲身、一個被長門斬去手足、一個被夜路指揮鬆獅魔吼飛退遠、一個被張意揮動伊恩斷手握著七魂劈成兩半。

老金飛縱遊竄，將一名蟲師腦袋踏扁，突然覺得後腿一緊，轉身看去，只見右後腿被一株古怪如同捕獸夾般的怪草夾個正著——那是一株放大了數百倍的巨大捕蠅草。

那怪巨大捕蠅草像是從地底鑽出的惡龍般，狠狠咬著老金虎後腿不放，老金轉身揮爪一搧，扯爛那捕蠅草莖藤，但撐地前爪又被另一株自地竄出的巨大捕蠅草夾住。

「大家小心，地底有東西！」安娜身處在妖車車廂後方，一面甩動長髮大戰空中的蟲師，一面指揮全軍作戰。

她還沒說完，只見四周草地激烈竄動起來，竄出一條條巨大如龍的古怪莖藤，那些莖藤上生著一株一株巨大捕蠅草，那些捕蠅草有些與捕獸夾差不多大，卻也有些和推土機怪手一樣巨大。

這在草地上竄動的巨大莖藤，猶如一條或是多條怪異巨蟒盤繞成堆，且莖藤上除了一株株巨型捕蠅草外，還插滿一束束長得像是成束的糖葫蘆堆，或是巨大棒棒糖捧花般的古怪植株——

「啊！那是毛氈苔！」青蘋在小陽台上往下看，見了那巨大捕蠅草和同爲食蟲植物的巨型毛氈苔，驚訝大叫著：「這些食蟲植物……也是我外公的神草種子——但是都被改造過了，我外公的神草才沒那麼醜！」

「哇！什麼鬼東西！」夜路怪叫一聲，胳臂被一株巨大毛氈苔牢牢捲上，那毛氈苔上狀似一支支棒棒糖的莖枝，剛沾上夜路胳臂便捲曲收合；莖枝上那一球球濃稠黏液似乎具有腐蝕性，逐漸蝕透夜路袖子，將他胳臂蝕出一陣焦臭。

青蘋指揮著幾條黃金葛從妖車上甩下，捲著那纏著夜路胳臂的毛氈苔末端，轟隆炸斷那毛氈苔莖藤。

夜路痛得在地上打起滾來，用另一隻手試圖扯開仍然黏在他胳臂上的毛氈苔殘體，但扯了半晌也扯不開，手掌同樣被腐蝕得又紅又痛，幾乎脫了層皮般；鬆獅魔和有財在夜路胳臂兩端竄出，一個張口亂咬、一個揮掌撲打，都讓這毛氈苔黏液蝕得胡亂怪叫。

「大家別被黏液沾著！」伊恩指揮著張意來到夜路身旁，舉起七魂湊近夜路胳臂，一道道紅光飛梭，將捲著夜路胳臂的毛氈苔殘體連同衣袖斬碎，同時明燈符籙一張張飛出，裹上夜路受傷胳臂。

車上長髮甩下，將夜路捲回了車裡。

神官尖叫一聲，長門一腳踩空，踏入埋在草皮堆裡一個詭異空洞，那空洞猶如一只囊袋，袋中盛著半滿黏液，同樣具有腐蝕性——這是同為食蟲植物的巨大豬籠草。

長門立時抽出小腿，同時縱身避開左右咬來的捕蠅草，撥出銀流化為高台，蹲踩上那高台，立即對小腿施下治傷咒術。

車頭前，小蟲則讓一株大捕蠅草夾著腳，大捕蠅草尖長利刺左右穿過了他小腿，將他絆倒在地上；數條黃金葛在他身邊糾結成網，替他擋下自背後來襲的幾株毛氈苔。

「土龍、毒蛇——」郭曉春在車廂頂上轉動護身傘，令土龍隊和毒蛇大軍在土中與那食蟲植物的粗莖糾纏惡鬥起來，同時也指揮著其餘傘魔，對著繞竄在妖車周邊的粗壯莖藤一陣猛攻。

「哦，原來這些植物仍然須要指揮！」伊恩斷手獨目藍光閃動，像是發現了什麼，指揮張意高舉七魂，克拉克自他背後現身，架高了狙擊槍瞄準遠處建築外那纏繞成堆的黑樹枝群。

明燈撒開漫天符籙，克拉克連開數槍，金光子彈穿過數張符籙，拖曳出流星火光，擊在那隆起的黑樹枝群間，燒開熊熊大火。

一陣慘叫自那火光中發出，黑樹枝啪啦裂開，落下一道人影。

那人影在地上翻滾幾下，撲滅了火，站起身來，惡狠狠地盯著張意；只見這人全身穿著古怪衣著，腦袋與先前蟲師一樣，插著好幾支詭異長釘。

「那邊、那邊、還有那邊——」伊恩指揮雪姑蛛絲拉動張意胳臂指向，張意指去之處，克拉克的狙擊子彈就打到哪兒，在明燈符籙的加持下，克拉克擊落一個又一個的插釘怪人。

這些怪人全是樹老師的徒弟，他們手上持著奇異的枯枝，負責替樹老師指揮這些食蟲植物作戰。

「你、你，還有你！」張意朝著他們大吼：「給我聽好，通通給我滾，不要來妨礙我們……不對！不要滾，把這些蟲子吃光——」他一連喊了數次，卻見那些種草人對他的喊話全無反應。

「沒用的。」伊恩說：「我們有抵禦黑夢的針陣，他們似乎也有類似的東西。」

此時插在這些種草人和蟲師頭頂上那些古怪長釘，似乎就是用來協助他們抵抗張意反控制的道具，釘尾散發著一圈圈異光，令他們對張意的號令全無反應。

「青蘋——」伊恩指揮張意朝著妖車上的青蘋揚手，青蘋聽了，立時會意，從百寶樹上摘下一枚次等人身果，本想直接往張意拋去，但見四周飛蟲和遠處那些蟲師、種草人們都虎視眈眈，便將人身果放在黃金葛莖藤上，以大葉裹著，令黃金葛飛梭送往張意。

兩名蟲師竄去攔果，被硯天希揮動破山大手一左一右揪住他們鞘翅，將他們猛烈互撞得甲殼碎裂、暈頭轉向；硯天希滿嘴蟑螂殘屑，揪著這兩名蟲師，轉身笑著對空中大喊：「笨鳥兒，快看！這種大隻的能抵幾隻？」

「哇！」小八和英武聽了硯天希叫喊，往她望去，見了她提在手上的蟲師，都驚呼起來：「呀，這麼大一隻起碼抵一萬隻蟑螂嘎嘎！」「不對啊，那是人吧，我們比的是吃蟑螂，不是吃人啊。」

「天希，這是蟲師，不是蟲！」夏又離雙手托著數枚符籙光陣，放出鎮魄犬對抗食蟲植物，見到硯天希揪著蟲師要咬，驚慌大叫。「打昏就算了，別吃他們，太噁心了！」

「笨蛋，這些傢伙要殺我們，打昏怎麼夠，烤熟他們還差不多——」硯天希哼哼地甩動狐狸尾巴，畫出數道大火咒，將兩名蟲師往天上一拋，大火鳳凰巨鷹熊熊竄出，提著兩名蟲師飛向遠處那黑樹枝纏成的樹老師臉孔上，炸出巨大爆炸。

那頭，克拉克開槍擊碎數株竄起攔截黃金葛莖藤的捕蠅草，無蹤飛躍接著那裹著人身果的黃金葛莖葉，將人身果拋給張意，張意接過人身果，遞向伊恩斷手。

「啊呀，是中型果子？我本來覺得小型果子就夠了……」伊恩苦笑了笑，啪嚓掰開人身果，同時朝妖車方向喊：「安娜，準備帶大家出發——」跟著，他指揮著張意往妖車車頭跑。

霸軍、無蹤竄在張意身前，克拉克和明燈現在張意身後，揮拳挺槍撒符開火，阻下一波波蟲師和食蟲植物；硯天希、老金、長門、盧奕翰等人逐漸縮小防守圈，往妖車聚攏。

「阿毛，帶傘上車——」郭曉春站在車頂，同時指揮著鳳凰傘和雀兒傘隊大戰漫天惡蟲，她聽了安娜號令，知道伊恩準備衝鋒，便轉了轉傘，令眾傘魔在妖車兩側擺出衝鋒姿勢。

數條食蟲植物莖藤自妖車周邊高高竄起，粗壯莖藤上生著一株又一株的巨大捕蠅草、毛氈苔和豬籠草，像是自湖面竄起的怪異水怪，窮凶極惡地往妖車撲去。

轟隆隆又是一陣土堆翻動，幾柱巨蟒般的大影竄了個老高，攔下那些食蟲巨獸——是郭曉春土龍傘裡數條土龍。

一時間四周草坡龍蟒亂捲，眾傘魔和各種食蟲植物亂鬥成一團。

「再十五秒……」伊恩斷手被人身果果肉裹出了一副完整人形，這一次他的人體形態幾近完美，眼耳口鼻都沒有跑到奇怪的地方，符籙化出的衣著也飛快裹上他全身。

「十、九、八、七、六……」

「妖車，準備出發！」安娜翻到駕駛座，對妖車下令。

「可是……安娜主人……」妖車在車廂中鑽進鑽出，哭喪著臉嚷嚷地說：「我的輪子被弄壞了……」

剛剛黑樹枝和食蟲植物在妖車周圍，與土龍群糾纏亂鬥，不時往妖車咬上幾口，咬落妖車兩個後輪，也扯斷妖車底座一些管線。

「伸出腳來，用跑的！」安娜這麼下令。

「對……對呀。」妖車按照安娜指示，讓車頭和車尾底部分別伸出兩隻古怪金屬長手，將整輛車緩緩撐起，跟著又在車身兩側竄出六隻怪足，整輛車四手六腳，像隻蜘蛛般往前移動。

「一！」化出完美人身的伊恩，拉著張意踩上雪姑蛛絲化出的大蛛，拔開七魂。

「所有人跟著我——」

大蛛再次猶如火車頭般往前飛奔，迅速衝出好遠。

這火車頭閃耀著刺目紅光，斬裂所有擋在前方的食蟲植物。

後頭妖車手忙腳亂、啪嗒啪嗒地急忙追趕著大蛛背影，像是尚不習慣這樣前進，與前方大蛛逐漸拉開距離。妖車正著急時，突然感到整輛車身輕盈起來，原來是車頂的郭曉春指揮傘魔樹人變化出大輪，在後方推車，樹人同時還生出一條條樹枝，套上兩側牛馬熊虎肩頸上，與眾傘魔協力又拉又推地幫助妖車加快速度。

土龍在草地遊竄，撞開從兩側襲向妖車的食蟲大藤，白鶴在空中領著鳳凰鳥隊、麻雀大軍，加上小八、英武，替妖車驅開漫天飛蟲。

一條條巨大如蟒的食蟲植物莖藤在妖車行進方向末端竄纏盤踞，與蟲樹的黑樹枝纏纏繞繞，糾結成一隻兩、三層樓高的巨大怪獸，這古怪巨獸上一株株巨大捕蠅草、毛氈苔凶猛地張開，像是無數鬼爪毒鞭；無數蟲果炸裂，竄出更多怪蟲。

這植物巨獸上除了一批負責指揮巨獸行動的種草人之外，還站著新一批蟲師，蟲師們一一飛空，領著漫天惡蟲凶猛竄向妖車。

「哇——」張意緊閉雙眼，伸出雙手，鼓足了全力，將神草巨獸後方、草地盡頭街道上的黑夢建築往左右撥開，分紅海似地清出了一條道路。

他眼睛睜開，只見前方黑夢建築雖然被清開，但那神草巨獸還攔在前方，正驚恐之間，只感到伊恩身子俐落一動，七魂揚起，一道豎直紅光飛梭往前，將攔在眼前那數層樓高的神草巨獸，筆直地一分為二。

幾個剛好站在巨獸軀體中央處的種草人，身子被切月紅光一併劈開，零零落落地自巨獸軀體上跌落。

巨獸兩邊身子歪歪斜斜地要垮，但其他種草人立刻聯手指揮，令莖藤伸出新的莖藤，讓黑枝長出新的黑枝，飛快糾結纏合，使巨獸不致於解體。

但紅光來得更快。

一道、兩道、三道；豎斬、橫斬、斜的斬——

這食蟲植物巨獸還沒來得及向衝來的大蛛發動攻擊，便被伊恩揮動七魂斬成碎塊，崩垮瓦解；有些種草人落在巨獸碎塊間，嘗試指揮巨獸重組，但紛紛被克拉克開槍擊倒。

巨獸莖藤碎塊上那一株株巨大捕蠅草或是毛氈苔，則被硯天希撒下的鎮魄巨犬撲倒，扭咬成一團，或是被老金搧出的虎掌光團踏得扁爛。

妖車奔過巨獸碎塊，追著在眼前開路的大蛛，衝入張意開出的道路。

長門奔在妖車左側，襲殺那些企圖自巨獸碎塊竄向妖車的蟲師；夜路窩在妖車右邊窗子裡，舉著鬆獅魔胡亂開砲，擊落右邊殺來的蟲師。

前方，不知從哪兒殺出來攔阻開路大蛛的，是無以計數的木偶群。

伊恩轉動七魂，擺定了架勢，正要出刀，持著七魂刀鞘的左臂突然斷開；跟著，右腳也癱軟碎開。

「老大！」張意駭然托住伊恩往後傾倒的身子，知道人身果的效力又消失了。

大蛛放緩速度，讓後頭妖車趕上，硯天希拉著夏又離，與老金一同躍過伊恩和張意頭頂，殺入前方木偶大軍之中，展開新一輪惡戰。

06斥候

巨大落地窗外，是初升的朝陽。

安迪裸著上身，穿著白色七分睡褲，端著咖啡，站在大窗旁望著窗外。

由於萬古大樓持續生長，安迪這專屬樓層此時已經接近兩百層高，從這高度望出去，除了鄰近幾棟高樓和四周雲朵顯得醒目而立體之外，底下黑夢矮樓和遠處城鎮、山脈，都變得模糊而扁平，在視線的最遠端，甚至能夠看見大海。

比起邵君那奢華酒廊和性虐俱樂部、莫小非的巴洛克宮廷和遊樂園、鴉片的健身格鬥場、宋醫生的高級醫院，安迪這專屬樓層顯得冷清寂寥太多——

寬闊的空間中，舉目所見全是水泥。

抬頭是水泥天花板、低頭是水泥地板，除了巨大落地窗不遠處的那張白床外，便只一張小茶几和沙發、一套寬敞的辦公桌椅，和擺著幾本書的矮書架；除此之外，便只是一柱柱水泥方柱。

此時安迪胸前，有一道十餘公分長、不太不起眼的豎直傷口。

同時，他那簡潔的辦公桌上有一只銀盤，盤上擺著一串銀項鍊，銀鍊圈著一枚戒指，那戒指上還有些淡淡血跡——

那是安迪不久之前才從胸口取出、用以控制黑夢力量的戒指。

此時那戒指除了圈著銀鍊之外，還額外鎖著一個奇異小裝置。那小裝置形狀像是個小鎖頭，鎖上還插著一把鑰匙，鑰匙柄與鎖身垂直交叉，呈十字狀，周圍閃動著幾圈紫色符籙光環。

「安迪，我也完成了。」宋醫生的聲音自辦公桌上一台平板電腦發出。

安迪走近辦公桌，放下咖啡杯，取起那平板電腦，望著宋醫生視訊畫面。只見螢幕上宋醫生的胸口上也有處新縫合的豎直傷痕；宋醫生手上提著一只與安迪那銀鍊幾乎相同的項鍊、戒指與鎖頭。

宋醫生身後兩張病床上則躺著邵君和鴉片。

他們病床旁小几上，也各自擺著相同的項鍊，鴉片的項鍊圈著他那本來嵌在掌骨上的黑夢戒指；邵君的項鍊則圈著她的舌環。

「按照艾莫的說法，我們只要關閉黑夢權限，那小子應該就感應不出我們的位置了。」宋醫生輕輕搖晃著手中的項鍊，盯著小鎖頭上那淡淡的紫色光圈——這鎖頭是用以「開關」他們黑夢力量的裝置；當鑰匙轉至與鎖頭呈平行位置時，鎖頭外的光圈會變成亮綠色，他們便得以操縱黑夢，而此時鑰匙呈垂直狀態，他們便無法使用黑夢，張意也無法反過來透過黑夢，察覺出他們的存在——自然，這只是艾莫的個人推斷。

「想想眞是諷刺。」宋醫生將項鍊戴上頸子。「防止被黑夢控制的項鍊，與能夠控制黑夢的戒指鎖在一塊兒；我們本來毫無顧忌地使用黑夢，控制一切，現在卻反過頭被那怪小子牽著鼻子走……」

「這種情形不會持續太久的。」安迪笑了笑，也取起那項鍊在手上把玩。「就當作是黎明前的黑夜吧——雖然這幾個字，似乎是那些正義使者熱愛的台詞，而不像是我們會講的話。」

「再過不久，『正義』這兩個字，就可以由我們自由定義了。」宋醫生嘿嘿笑著說。

「我一點也不想改變過去人們對於正義的定義。」安迪笑著說：「我欣賞正義，但更樂於與正義爲敵，且享受將正義踩在腳下時的樂趣。」

「是呀，那滋味令人上癮。」宋醫生笑著彈了彈手指，周遭全無反應，這才想起此時他的黑夢權限是關閉狀態，而無法像往常那樣隨心所欲控制黑夢。他聳聳肩，轉身走到一處大螢幕旁，將視訊鏡頭對準那螢幕，指著螢幕裡的妖車，說：「這些可愛的正義使者，目前沒有任何動靜……」

妖車停在萬古大樓外的街道上，此時街道上空早已讓各式各樣的增生建築遮蔽住天空，四通八達的大道上全無人跡，只遍布著零零星星的蟲屍和木偶殘肢——

伊恩帶領著妖車眾人從草地蟲戰突圍而出，一路行進到萬古大樓底下，短短一公里路程，可花費他們數小時以上的時間。

途中數不清的木偶、數不清的怪蟲、一個又一個的蟲師和種草人、數十名頭上插釘的四指殺手，不停阻住他們的去路，一次又一次將他們逼退。

此時停在路邊的妖車，可不像先前在草地上煮泡麵那般門戶大開，而是整台車包裹著猶如裝甲般的金屬欄杆，欄杆上爬滿密密麻麻的黃金葛；小八和英武偶爾自鐵窗欄杆與黃金葛間隙探出頭來向外張望。

由於郭曉春需要寬闊空間才能操傘，在夏又離勸說下，硯天希同意讓出加蓋車廂頂部小露台，作爲郭曉春和阿毛的專屬作戰位置。

郭曉春將護身傘斜斜倚在露台欄杆上，一票傘魔則在妖車周圍圍成一圈，席地而坐；由於郭曉春此行除了原本的護身傘組之外，還帶著十餘支備用傘，因此此時護身傘魔成員與平時略微不同，先前出戰的傘魔們，都躲在傘裡休息。

由於硯天希獨佔了整個加蓋車廂，又嫌妖車其他成員往來如廁時擾人，因此安娜令妖車稍稍改變模樣，在側面車身造出簡易小梯，讓眾人不必經過加蓋車廂，便能直接通往小陽台，使用鐵皮小廁。

一樓車廂裡，前駕駛座擠著盧奕翰和夜路，後車廂裡則是安娜、小蟲、青蘋三人，以及維持著小童模樣的老金。

老金此時僅穿著一條短褲、赤著上身，身上貼滿治傷符籙，橫躺在長椅上呼嚕大睡。

「他們看來累壞了。」宋醫生這麼說：「偏偏還保留著兩大殺手鐧，否則……」

「是啊。」安迪這麼說：「長髮安娜、長門、硯天希還有那頭老虎都還保有餘力，伊恩應當也還能夠化出人身好幾次，再加上一個能夠控制黑夢的張意……當前，我們比他們更需要時間。」

「嗯。」宋醫生點點頭，說：「剛剛艾莫聯絡過我，距離『巨腦』完成，還需要五十小時。」

「五十小時，不算長也不算短；可以是一瞬間，也可以是一世紀。」安迪端起剩餘半杯咖啡，一口飲盡。

□

「大家現在情形怎樣？」伊恩斷手獨目半閉，光彩有些黯淡，他維持著最低限度的睜眼，以節省魄質消耗。

一株黃金葛莖藤捲著伊恩斷手，心形葉片捲成了喇叭狀，對準伊恩掌心。

「夜路、老金跟安娜都睡得很沉，小蟲還醒著，但他說他沒事。」青蘋揪著黃金葛莖藤，低聲對著喇叭狀葉筒說：「奕翰準備休息了，他說他不用貼符。」

此時妖車眾人分成了三組，第一組警戒留意四周動靜；第二組待命，隨時支援警戒組；第三組人人額頭上都貼著催眠符，效力能持續三小時，作用是讓人完全進入深眠狀態，同時，貼在他們肩背腰腿上的舒筋符，則能讓他們在長時間蜷縮在狹小空間、維持著相同睡姿的情況下，也能放鬆肌肉和關節，讓他們醒來時不致於痠痛難受。

夜路被毛氈苔消化液蝕傷的胳臂和手掌、小蟲被捕蠅草咬傷的小腿，以及長門踏進豬籠草沾著了消化液的腳，此時都裹上層層治傷符籙，已無大礙；眾人身上大都遍布著零零星星的蟲噬斑痕，先前草地一戰那些蟑螂和怪蟲大都有毒，但對明燈的治傷咒術而言，倒也不難治癒。

車頂上，郭曉春警戒防備，張意的額頭上則貼著催眠符，一旁的長門靜靜倚在張意身邊，輕輕撫著懷中神官的腦袋，仰望著街道上方那遍布怪異招牌的天花板。

三小時一下子過去了。

青蘋在檢視完百寶樹人身果生長情形後，拍了拍小陽台上那黃金葛鋪成的軟墊，窩了個舒服睡姿，將催眠符往額頭上一貼，開始深眠；小陽台旁加蓋小車廂裡，睡了個飽的硯天希探出頭來，盯著青蘋睡姿半晌，確認她睡得極沉之後，神祕一笑，將加蓋車廂與小陽台間的簾子和對外簾子全部拉上，再以墨繪黑藤咒變化出一條條黑藤，將整個加蓋車廂纏得密不透風，連一隻蚊子都飛不進來，跟著在車廂外掛出一塊寫著「本小姐和又離要專心研究墨繪術新絕招，請勿打擾」的小木牌子。

底下，小蟲在駕駛座進入深眠狀態、盧奕翰開始警戒工作；安娜在檢查完全車針陣狀態後，取出筆記本規劃起後續作戰計畫；夜路則在接獲小八回報，發現了加蓋車廂外那塊小木牌後，將黃金葛話筒貼上車頂，像是企圖刺探硯天希和夏又離研究墨繪術新絕招的詳細經過。

老金以孩童模樣坐在車尾，一面和妖車品嚐各種零食，不時低頭揉著自己肚子，檢查傷勢復元狀態，偶爾忍不住埋怨幾句：「我不是退休了嗎？舒舒服服窩在清原老頭那大房子裡多好，跑來蹚這渾水幹啥？」

車頂上，張意睜開眼睛，大大伸了個懶腰，準備接替郭曉春、開始警戒任務，換長門和神官進入深眠。

「老大……」張意低頭望了望伊恩斷手，只見伊恩斷手獨目閉著。

「老大要你醒來之後，四處巡邏一下，但別跑太遠。」摩魔火拍了拍張意腦袋。

「巡邏？」張意呆了呆，站起身來，只覺得渾身舒暢，在明燈催眠符和舒筋符和治傷符的效力下，眾人儘管只睡三小時，但卻都神清氣爽，先前的蟲噬和戰傷都快速復元。

「傻瓜，當然是用戒指的力量神遊呀。」摩魔火舉起毛足，指著前方說：「眼前就是萬古大樓了，你得找出壞腦袋藏在哪兒，我們才能鎖定目標，不然貿然闖進去，真不曉得會撞上什麼東西……」

「好……」張意點點頭，踩著小階梯輕聲下樓如廁、洗了把臉，瞧了瞧懸在加蓋車廂外那告示勿擾的小木牌子幾眼，這才回到車頂露台盤腿坐下，又吃了點零食果腹後，在摩魔火催促下，閉起眼睛，令意識神遊起來。

眼前的萬古大樓高聳參天，由於有著先前與艾莫、麗塔糾纏的經驗，張意不敢像最初那樣胡亂遊竄，而是小心翼翼地穿入萬古大樓一樓。

由於多數黑夢建築群彼此相連成無邊無際的巨大空間，反倒讓萬古大樓底下這「入口」顯得狹小了。原本大樓裡的店面隔間早已清空，五樓以下的地板也全數拆空，僅有一柱巨大金屬升降梯貫通上下，四周牆壁、梁柱上都寫著密密麻麻的古怪符籙文字，活像是廢墟被奇異的宗教狂熱者佔據了一段時間之後變化成的模樣。

張意讓意識飄遊到那座有如鋼鐵巨獸的巨大金屬升降梯前，膽怯地透過柵欄間隙往裡頭張望，只見那升降梯裡有座操縱裝置，裝置上方立著一面樓層標示板，上頭密密麻麻的樓層數字已經密集到難以辨識的地步——唯一令張意稍微分辨清楚之處，是這萬古大樓最高樓，似乎已突破三百層——這是一個過去只有在科幻電影裡才會見到的樓層數字。

「師弟、師弟、師弟……」摩魔火的叫喚聲迴盪在張意耳邊。

張意睜開了眼睛，見到摩魔火自他額頭攀下，對他說：「老大雖然沒有特別交代，但這是我個人提醒，你拿捏一下——除了壞腦袋之外，別忘了探探四周有沒有我們畫之光的人。雖然……我們每一位夥伴，在加入畫之光的第一天，就已做好戰死，甚至是變成戰俘日夜受虐的心理準備，但我相信受困的夥伴們至今還沒放棄希望，他們都相信老大能夠救出他們，帶領他們戰勝安迪，我們無論如何也得找出他們……」

「是……」張意點點頭，再次閉上眼睛，讓思緒回到萬古大樓一樓升降梯前。

他陡然一驚，原本空無一物的巨大升降梯裡，此時多了一個人。

那人既瘦且高，身披寬大斗篷，雙眼被一條條奇異紅線縫住，臉頰和頸部同樣以紅線縫出密密麻麻的古怪符籙文字，那些紅線文字像是燒紅的炭火般流動閃耀著。

張意認得這人的氣息，甚至知道眼前人物並非眞人，而是和自己一樣，只是意識凝聚成的幻象——

四指前任頭目，艾莫。

「孩子，你應該是第一次這麼清楚見到我的樣子，對吧。」艾莫像是飄浮在空中，聲音冰冷冷地彷如電子合成音效。「我也是第一次清楚地見到你，現在的你，距離我們更近了，形象也更清楚了。」

「你……」張意驚恐地後退好半晌，說：「你就是四指前任老大？」

「很久以前的事情了。」艾莫面無表情地說：「現在的我，只是安迪身邊其中一位朋友，我答應協助他建造心目中的完美世界，也替我自己打造一個棲身之所。」

「你……你們心中的完美世界，就是現在這個樣子？」張意不解地問。他因爲太害怕的關係，不等艾莫回答，便睜開眼睛，讓意識遁逃回妖車，口齒打顫地向摩魔火報告所見所聞。

摩魔火聽他見到艾莫，還沒交手便睜眼開溜，氣得要燒他脖子，說他丟光畫之光的臉，逼著他閉眼回到萬古大樓升降梯前。

「孩子，你很害怕？」艾莫這麼問，見張意只是發抖，遲遲沒有回答，又像是用顫抖回答了這個問題，便繼續剛才的話題。「每個人心中的完美世界，都不一樣。這個世界，每一樣事物的好與壞、對與錯、美與醜，都是由手中握有權柄的人來定義的；我不排斥幫助安迪取得能夠定義一切的權柄，若他覺得眼前完美，那就是完美了。」

「我……我聽不懂你到底在說三小權什麼柄啦……」張意顫抖地說：「你……你們把壞大哥藏到哪裡去了？」

「你是指壞腦袋？」艾莫說：「他在底下，我帶你去見他。」

「什麼……」張意驚恐地說：「你……你當我白痴喔，你以爲我不知道你想暗算我！」

「如果我認爲是好機會的話，我眞會出手的。」艾莫這麼說：「畢竟，你是我和安迪最大的敵人，你對我們的威脅，甚至在伊恩之上。」他說到這裡，頓了頓，又繼續說：「但我不覺得我的力量足以傷害到你，你可能還不清楚自己的能力。我老實告訴你，我很害怕你，如果你現在全力對我發動攻擊，我或許會受到相當巨大的傷害——壞

腦袋完整的力量，比你想像中巨大太多了。」

「我……我……我……」張意盯著艾莫，還不時左顧右盼，就怕麗塔從他背後竄出偷襲。

「你不跟我去看壞腦袋，那你進來做什麼呢？」艾莫冷冷地問。「你進來，不就是來偵查情報嗎？我直接帶你下去，不是方便許多？」

「你……你……你……」張意仍然恐慌無措，顫抖半晌，他那意識幻影倏地在升降梯外消失，數十秒後，又讓氣急敗壞的摩魔火趕了回來。

「哦？」艾莫見張意終於將腦袋探入電梯裡，便問：「你願意跟我下去了嗎？」

「我師兄……摩魔火……」張意哭喪著臉說：「他要我……不能丟晝之光的臉，他說……就算我被你五馬分屍，也要在最後一條手臂……被扯裂之前，對你的鼻子狠狠揍一拳……」

「那我得離你遠一點。」艾莫倏地退遠，退到了巨大升降梯另一側，說：「你若認眞發動攻擊，我絕對打不贏你，會被五馬分屍的是我——當然，我眞實的身體並不會受到損傷，但我會陷入惡夢之中，會煎熬痛苦上一陣子，就像是我那美麗的妻子一樣，她和你短暫地交手，可吃足了苦頭啊。」

「唔……」張意聽艾莫這麼說，也不知道他說的這番話究竟是眞是假，但此時攀在他肉身臉上的摩魔火，正舉著燃火毛足，警告他再次睜開眼時，若沒帶回有用的情報，就要將燃火毛足插進他鼻孔裡。

張意害怕地擠進那巨大升降梯中，讓意識化成的幻象假身緊貼著鐵欄，望著佇在另一側的艾莫，說：「你……你既然想對付我，又爲什麼要帶我去看壞腦袋？」

「因爲我想不透。」艾莫揚起斗篷大袖，朝著升降梯裡的操縱裝置一搧，那裝置自己動起，整台升降梯轟隆隆地震動起來，緩緩往下降。

「你想不透？」張意膽怯地問，他像隻站在野貓面前的鼠，縮在升降梯角落，不時上下張望，擔心害怕四周可能出現的襲擊。「你想不透什麼？」

「我想不透你究竟怎麼解開壞腦袋那第十道鎖，取得他全部的力量。」艾莫說：「我想觀察你和他的對話，找出解鎖的方法；我讓你輕易取得情報，同時獲得我需要的資料，這也算是一種交易吧，或者說，這是一場公平的競爭。你將我的話帶回給伊恩，我相信他絕不反對——在接下來幾天裡，我們比的是速度——如果你們先救出壞腦袋，你們就贏了；我先解開鎖，掌握完整的黑夢力量，我們就贏了。」

張意聽艾莫那麼說，也不知如何反應，默默無語地讓升降梯將自己的意識逐層帶下，連續經過好幾層空樓，那些空樓大都是磚石隔間，壁面、梁柱和石床上還帶著斑斑血跡，像是牢房，或是刑室。

「你們的夥伴本來都囚在這裡，但現在都往樓上移了。」艾莫見張意不停張望幾層空樓，便說：「畢竟黑夢高樓會不停長高，上面空間更加寬裕。」

「……」張意依舊沒有答話，跟著，他們又經過了幾處像是倉庫般的樓層，裡頭分門別類地堆放著大小木箱、大壇，甚至是——

清泉崗那些巨大石箱。

張意甚至數不清自己究竟往下降了幾層樓，就在他抬頭張望這升降梯四周是否有標記當前樓層數字時，升降梯終於停下。

鋼鐵閘門外，擺著一張古怪大床，那張大床就像是一張放大版的嬰兒床，約莫正常雙人床大小，四周卻有著木造欄杆；欄杆四角立著長竿，長竿上懸著大串嬰兒玩具和吊飾，吊飾中竟有些古怪獸牙或是縮小的骷髏頭。

壞腦袋那水桶大的腦袋，就擱在大床中央，腦袋底下那草紮小身，也和之前一樣擺放在腦袋下方。

此時壞腦袋與之前不同之處，在於那顆大腦袋上下各處，都扎著一根根細長尖釘，長釘尾端繫著絲線，絲線纏繞著符，加上刻在大床周圍木欄上的符字、懸在四角的古怪綴飾，就像是一個精心布置的法陣一般。

「我在他腦袋上動了點手腳，所以你沒辦法隨意和他說話。」艾莫揚了揚斗篷大袖，鐵閘門喀啦啦地敞開。

一群怪模怪樣的大頭孩童，將這張巨大木造嬰兒床推入這大升降梯裡。

粗壯木質床腳與升降梯金屬地面摩擦出一陣令張意感到全身不舒服的尖銳怪音，他見到這群大頭孩童的腦袋上那些相距甚近的小小五官，就像是一群縮小版的壞腦袋，他忍不住問：「這些是什麼東西？是……是壞大哥的小孩？」

「說是小孩，也不太對。」艾莫想了想，說：「這些小東西，是我們複製出來的小壞腦袋，倘若大壞腦袋有了什麼閃失，也有備用品。」

「這些小孩是壞……壞大哥的複製人？」張意不可思議地望著這群身體如同初生嬰

兒，但腦袋卻接近一台烤箱大的小壞腦袋們。

「他們現在的腦袋還沒有太大作用，但他們會長大，經過一段時間之後，這些小壞腦袋會逐漸長成大壞腦袋。」艾莫說：「到時候，我們會有用不完的壞腦袋，黑夢將會跨出海洋、越過高山，吞沒一座又一座的城市，覆蓋住你所能見到的大地上的一切。這個世界，最終將剩下『我們』，以及屬於『我們』的一切。」

艾莫說到這裡，頓了頓，望著張意說：「孩子，你是那麼的優秀、天才洋溢，安迪絕對同意讓你加入『我們』。」

「加入……你們……」張意聽艾莫這麼說，連連搖頭。「不……不行，師兄會殺了我，他會把我活活燒成灰！」

「加入我們，我們會賜給你力量。」艾莫說：「到時候，你連伊恩都不用懼怕了，又怎麼會害怕那紅蜘蛛。」

「不……」張意仍然搖頭。「長門……長門會恨我。」

「長門？」艾莫想了想，說：「伊恩的養女、晝之光夜天使的頭號殺手長門櫻？她對你而言，有這麼重要？重要到讓你拒絕加入我們的機會？你難道沒有想過，這個世界上有七十億人，其中一半都是女人；加入我們，你至少能分到一億人，難道這一億人中，挑不出一個比長門櫻更好的女人？」

「我……我不是說這個啦！」張意焦躁地搖頭：「你到底在說什麼鬼話？我……我只想回到正常的世界——早上一起床，去巷子口買個燒餅油條，吃飽了去舞廳上工，跟子強、阿四，還有那些老頭子前輩們哈啦打屁、跟孟伯上酒家——啊呀不對、不對，以後我不能上酒家了——我跟長門要結婚、要生孩子，老大給我的獎金，足夠讓我買一間大房子；我們的孩子要學鋼琴、要上學。長大了不要像我一樣沒出息……你們把台北弄成現在這怪樣子，生一堆怪房子把天空都遮住了，街上不是蟲就是鬼、再不然就是會吃人的草，一個人也沒有，誰想住在這裡啊！在這種地方，當大王又有什麼用？」

張意說到這裡，見升降梯鐵閘門喀啦啦關上，升降梯開始緩緩上升，著急地問：

「你……你要把壞大哥帶去哪裡？」

艾莫淡淡地說：「你們來搶壞腦袋，我們也得做點準備，總不能讓你們平白將壞腦袋搶去吧……」他這麼說時，還繞到那巨大嬰兒床後，揚高雙手大袖，自袖中伸出的，並非是一雙手，而是一條條閃動著奇異光芒、狀如蚯蚓般的奇異條狀物。

幾條蚯蚓粗細的條狀物，捲上壞腦袋臉上那些長釘尾端。

圍在大嬰兒床旁幾個小壞腦袋立時攀上床，將艾莫那蚯蚓觸手捲著的長釘一一拔去。

「你……你想做什麼？」張意驚恐地問。

「我讓他和你說話呀。」艾莫這麼說。「你可以問他任何問題。」

「什……什麼？」張意尚未會意過來，突然感到四周像是受到雜訊干擾般，混亂搖晃起來。

「你們……」壞腦袋的嘴巴微微動了起來。「又來吵我啦，你們到底還想知道什麼？」

「咦？咦？」張意左顧右盼，只見四周模樣和幾秒鐘之前竟有些不同——

鋼鐵升降梯的鐵鏽減少了些，鐵欄間隙外各樓層的景象變得模糊不清，升降梯裡那操縱裝置變成了一個古怪小盆栽，壞腦袋那張大嬰兒床的尺寸縮小許多，圍在四周的小壞腦袋和艾莫也全消失了。

「人呢？都跑去哪裡了？」張意緊張地四處張望，就怕艾莫趁機對他發動攻擊。

「啊呀，原來是你呀！」壞腦袋驚訝地說：「小子，你怎麼又溜進我的夢裡啦？」

「溜進你的夢裡？這裡是壞大哥你的夢？」張意瞪大雙眼，這才明白四周模樣出現了變化，是因爲他被壞腦袋拉入了夢境的緣故。

此時升降梯鐵欄外的景象飛梭變化起來，成千上萬個影像彼此推擠堆疊著，像是故障的老舊影像播放設備放出的畫面，時而飛梭快轉、時而放慢動作，又或是忽快忽慢。

那一塊塊影像彷彿是一個個人的視線，是這座城市裡許許多多個好或不好、開心或者痛苦的記憶片段。

「壞大哥，你知不知道這幾天發生了什麼事？你知道他們對你做了什麼嗎？」張意這麼問。

「小王八羔子，我還沒開口問你問題，你倒反過來問我問題呀？」壞腦袋哼哼地說：「你上次跟我說完話之後，那些人知道你和我說過話，纏著我問了一大堆無聊問題，煩死人啦！這幾天你溜去哪兒鬼混了？怎麼不來找我說話了？」

「我沒鬼混呀，壞大哥……」張意急急解釋。「艾莫在你的頭上刺了些釘子，他拔出釘子，我才能和你說話。他還仿造你的樣子，做出一堆小壞腦袋，圍在你腦袋旁邊……你知道嗎？」

「什麼！我這醜樣子有啥好仿造的？他們做出一堆長得和我一樣的小壞腦袋，還圍在我腦袋旁邊？那畫面有多難看呀！」壞腦袋有些驚訝。「啊呀，我知道了，他們貪心，霸著一個壞腦袋不夠、佔著一個西門町不夠，他們想要更多壞腦袋，好讓他們佔下更多地方……」

「沒錯，就是這樣！」張意瞪大眼睛說：「原來壞大哥你知道他們的目的呀，那你別幫助他們呀……」

「我幫助他們？」壞腦袋氣呼呼地說：「你眼睛也被線縫著？」

「沒有，我眼睛看得見……」張意搖頭。

「你眼睛看得見！」壞腦袋叱罵：「那你說說看，我現在什麼樣子？」

「你現在……」張意一時不明白壞腦袋為何這樣問他，便說：「你……你的頭被放在床上，眼睛被縫著，身體是……假的身體……而且，在這個夢的外面，艾莫在你頭上插了一些釘子，還派一大堆小壞腦袋圍著你。」

「小王八羔子，你明明知道呀！」壞腦袋高聲怒叱：「他們鎖著我幾百年、縫著我眼睛幾百年、摘下我的身體、揭開我的頭蓋骨，從我腦袋裡偷我的力量用，我有什麼辦法？」

「對不起，我說錯話了！壞大哥，你別生氣……」張意說：「伊恩老大帶我們回到台北，進入黑夢，就是爲了救你呀……」

「伊恩……」壞腦袋咦了一聲。「是我見過的……那個伊恩？」

「你見過伊恩老大？」張意有些訝異，不明白這被四指囚禁數百年的壞腦袋，怎麼會見過伊恩。

「最近……附近多了批人，我聽見那些人喊他的名字，我從那些人的夢裡見到他的樣子，我知道他是個厲害的傢伙……」壞腦袋喃喃地說：「如果是他的話……說不定眞能救出我……啊呀！小子，所以你現在已經找到了我的腦袋，能救走我啦？」

「這……壞大哥你別那麼急！」張意搖搖頭說：「我們人還在外面呢，我是像上次一樣，閉起眼睛，從外頭讓意識溜進來見你的……艾莫，就是那個關著你的人，他要把你帶到更遠的地方，他們想阻止我們救你。」

「什麼……」壞腦袋這麼問：「他們要把我帶去哪兒啊？」

「我……我也不知道。」張意攤攤手說。

「樓頂。」艾莫冰冷的聲音像是從水底傳出，迴盪著奇異的回聲。

「啊！」張意驚恐地說：「你聽得見我們說話？」

「他們之前聽不見，最近能聽見了。」壞腦袋哼哼地說：「但他們沒辦法像你小子一樣親眼見著我夢裡的樣子，他們只能遠遠對我說話。」

「第十道鎖，我解開了一半。」艾莫的聲音持續發出。「剩下半道鎖，我正在研究——等我破解之後，就能進入你的夢了。」

「哼……」壞腦袋怒氣沖沖地說：「我不歡迎你們這些王八羔子進來我的夢，我一點也不想和你們說話……等等、等等！你剛剛說要帶我去哪裡？」

「萬古大樓的樓頂。」艾莫答。

「聽到沒，笨小子！」壞腦袋大聲對張意說：「回去記得叫那個伊恩快來救我，在萬古大樓頂呀——等等！剛剛說話的那個傢伙，我看你想騙人吧，你這麼好心把情報告訴你的敵人？我看你分明在樓頂安排許多陷阱，想騙這小子上當呀！哼……就像當年那臭狐狸一樣，他老是喜歡用這種狡詐的伎倆欺負我。我恨透你們了，你們就是不老實！

你們的嘴巴成天說謊！」

「我騙不了他。」艾莫答：「他能輕易找著你，騙他沒有意義。但是我們當然會在大樓裡安排厲害的守衛，他們或許能夠戰勝那些守衛，但必定得付出代價。」

艾莫的聲音說到這裡，頓了頓，鋼鐵升降梯鐵柵欄外那萬千個記憶畫面，像是同時遭到干擾，一個個閃爍起來，像是翻牌般翻成了同一個畫面——

全是長門。

那畫面視角像是從高處往下望，對準了窩在妖車車頂、額上貼著催眠符、擁著神官，沉沉深眠著的長門。

「那個代價……或許巨大到讓你承受不起，例如是你的生命，甚至是你寧可犧牲自己，也要保護的人的生命。」艾莫這麼說。

「誰准你來干涉我作夢啦，王八羔子！」壞腦袋氣憤地說，但仍有一絲好奇。「這小女娃是誰呀？」

「你……你們偷拍長門做什麼？」張意又氣又急地問。

「她是晝之光首領伊恩的養女，長門櫻。」艾莫的聲音說：「孩子，這些日子，我們對你做了些研究——你沒有多少親人和朋友，你的過去，就像是一隻渺小的螻蟻，你從來也不曾得到別人的關注和目光，從來沒有人愛你，就連你自己都瞧不起自己。我和麗塔猜測，長門櫻是你人生至今第一個讓你感到自己受到尊重、令你敞開心扉的女人。」

「那……那又怎樣！」張意氣急敗壞地握著拳頭。「你想說什麼？」

「我以為我說得很清楚了。」艾莫冷冷地答：「與我們為敵，得付出巨大的代價——我們會奪走你愛的人，例如她。」

「你……你敢！」張意像是鼓起了畢生最大的勇氣，氣憤地抓著鋼鐵升降梯四周柵欄，大力搖晃起來。「我……我師兄說過很多次，晝之光一定會阻止你們……他說……他說黑暗永遠戰勝不了光！」

「問題是——黑暗和光，由誰來定義呢？」艾莫說：「當然是由握有權柄的人來定義；這個人，是安迪。」

「我不知道權什麼柄啦，我只知道燒餅蔥油餅啦，你說話我一句也聽不懂！」張意焦躁地抓著頭，猛搖了搖，突然哎呀一聲，像是大夢初醒般，只見四周鋼鐵柵欄上的焦鏽一下子增加許多，柵欄外的景象又恢復成萬古大樓各樓層的樣子，有空樓、有百貨、有餐廳、有各式各樣奇異的房間。

張意急忙回頭，只見艾莫的身影遠遠地站著，壞腦袋靜靜躺在那大嬰兒床上，四周的小壞腦袋一個個攀在嬰兒床上或是蹲在地上，好奇地望著他——

他這才知道，自己已從壞腦袋的夢境裡跑了出來。

「你不和他說話了？」艾莫這麼問。

「我……我又不知道說什麼……」張意握著拳頭說：「而且你當我白痴啊，你都說了讓我跟壞大哥說話，是爲了研究怎麼破解那個三小鎖，那我幹嘛說給你看，我幹嘛幫你？你……」

張意還沒說完，突然聽見隱隱約約的哀號和慘叫，從頭頂正上方傳來。

那逐漸擴大的一聲聲慘號，散發著巨大的痛苦和無盡的哀傷，將張意好不容易凝聚起來面對艾莫的怒氣和勇氣，全叫飛到了九霄雲外。

升降梯停在標示著二十五樓的樓層。

「哇！」張意忍不住驚呼出聲，只見二十五樓與底下那些猶如毛胚樓、百貨公司或是餐廳的寧靜寂寥大不相同，而是十分熱鬧。

那是一種十分慘烈的熱鬧。

外頭有許多人。那許多人從外觀模樣到舉止、處境，明顯分爲兩邊。

一邊受虐，一邊施虐。

「既然來了，要不要順便看看？」艾莫這麼說，張意身邊幾個小壞腦袋同時推了他屁股一把，嚇得張意哇哇大叫，往前一撲，撲出了升降梯，來到二十五樓。

各式各樣的哀號四面八方鑽入他的耳裡。

「這是四指的經典儀式呀，你不知道？」艾莫望著坐在地上發抖的張意，冷冷地說：「我們將切下來的手指，放入祭品口中；對這個祭品施下無數酷刑，用痛苦和慘毒修煉他的魂魄，再將他的魂魄，驅趕進口中手指，就成了指魔。」艾莫揚手指著前方。「有興趣，就去看看吶，你不是來蒐集情報嗎？放心，我可以等你。」

「什麼！」張意當然不願意，連滾帶爬地退回升降梯，卻見艾莫在升降梯裡扠著手一動也不動，也沒讓升降梯繼續向上。

張意一時不知所措，他確實是受命前來偵查，妖車頂上摩魔火正舉著毛足威嚇他必須帶回重要情報，否則就要火烤他鼻子。他一想至此，咬了咬牙，只好聽從艾莫的建議，一步步深入這酷刑地帶。

他見到一個又一個的男人或女人被五花大綁、持續受刑。各式各樣的刑。有針對男人的刑，也有針對女人的刑。

眼前千百種酷刑花樣，遠遠超出了張意那沒有太大見識的腦袋所能想像的範圍；他僅能稍微憑著本能判斷，就算摩魔火當眞將那燃火毛足塞進他鼻孔，也絕對比起眼前所見那地獄酷刑舒服多了。

一陣陣的慘號令他魂飛魄散，他雙腿痠軟，幾乎站不住，但他還沒來得及跪下，就被一股巨大的驚恐震懾，像是被釘在原地般無法動彈，那是幾個熟識的身影——龐克、拉瑪伸和瑪麗。

這三支敢死隊的三名小隊長，此時分別被綁縛在三根巨大圓柱上，每人口中都含著一根手指。

圍在三人身邊那群怪異傢伙們，彷彿像是一群好學的研究生，在幾個「教授」的帶領下，在他們三人身體各處，進行著千奇百怪的「研究」。

倘若這個研究有個名目，那應該是「痛苦」。

張意只是看了幾眼，就覺得自己的三魂七魄要被嚇跑了一半，他感到一陣陣反胃——自然，此時只是意識的他，什麼也嘔不出來。

瑪麗、龐克和拉瑪伸三人的雙眼有些渙散，在巨大且無邊無際的痛苦之下，他們的魂魄正一點一滴地往口中手指凝聚。

「孩子，很有趣吧。」艾莫的聲音遠遠地傳來。「人類的靈魂，有逃避痛苦的本能——我們像是趕羊一樣，用超出極限的痛苦，將一個人的魂魄，趕進一支小小的手指裡，使這個悲傷的靈魂，綻放出驚人的力量。」

「我聽不懂你在……說什麼……」張意抱著頭跪倒在地，全身顫抖著。

「作爲煉指祭品，天賦異稟的異能者可是上等材料。因此，靈能者協會的人，素質當然比普通人好；而晝之光的人，普遍又比協會的人更好。」艾莫繼續說。「我想，淑女攻入這個地方時，應該不曉得會碰上我；又或者說，晝之光或是靈能者協會，以及世間許多人，並不知道四指曾經有過一個叫作艾莫的領袖，他們只知道奧勒統治了四指許多年。孩子，你有沒有興趣知道，他們當時面對一個無論如何也難以擊敗的對手，臉上是什麼表情？」

「師弟、師弟、師弟！」摩魔火搖醒了張意。

張意瞪大眼睛哆嗦著，一下子尚未反應過來，抱著頭將身子蜷縮得像是一顆球。

「你在裡頭看見了什麼？快說啊！」摩魔火著急催促著：「你怎麼又哭又吐的？」

「我……我看見……」張意這才意識到自己流了滿臉眼淚，嘴邊和胸前還有些嘔吐物。

「我看見……瑪麗姊、拉瑪伸……還有龐克……」

「什麼——」摩魔火長長吸了口氣，也不顧張意臉上還沾著嘔吐物，急急攀到他臉上，捧著他的臉說：「他們在哪裡？他們怎麼了？」

「二十五樓……他們在二十五樓！」張意顫抖地哭了起來。「他們很慘……很慘很慘……」

07終於踏入了世上最危險的地方

「大家準備好了嗎？」安娜回頭望著眾人。

所有人點了點頭。

郭曉春持著尚未組裝長柄的十二手鬼傘，腰際懸著白鶴傘，像是準備出戰的持刀武士；阿毛化爲人身，左手提著裝有護身傘組的傘箱，右手抓著石棒傘，站在郭曉春身後護衛。

夜路拉筋伸腿，鬆獅魔和有財不停從他雙肩、胳臂、胸前和後背探出腦袋，陪他做著暖身操。

盧奕翰拗指扭頭，戰備腰包兩側小包裡裝著滿滿的巧克力條和各種糖果，是他專屬的小型軍火庫。

小蟲將抽到一半的菸捏熄，放入菸盒中，伸了伸尚裹著治傷符籙的腿，被捕蠅草咬傷的腿已經恢復了七成以上。

夏又離正仔細地檢查硯天希那頂內藏針陣的毛線帽子，他恨不得在帽子上綁上繫帶，繫著硯天希下巴——這提議自然不被硯天希接受，因此夏又離只好在身上帶著更多回魂羅勒和醒腦符藥，以備不時之需。

老金恢復成巨虎身形，像隻貓似地在地上打滾半晌，像是在確認肚子裡傷勢能夠讓他做出什麼程度的動作。

張意頭頂摩魔火、腰懸虎咬刀和木刀百咒、左手握著七魂、胸前縛著那個用以調節眾人魄質的小水壺；這全副武裝的模樣乍看之下有些威風，但兩、三小時前，他哆嗦哭泣地訴說在萬古大樓二十五樓所見時的樣子，眾人都還記憶猶新。

長門持著三味線，仰頭望著萬古大樓內部，眼神冷峻而堅毅，像是已經做好了全力大戰的準備。

跟在眾人後頭的妖車，經過安娜再次指揮變形改造，摘下加蓋車廂，也除去駕駛座椅，將位於車頭上方的小陽台和廁所空間，雙雙下降挪移到了原本駕駛座的位置，且在車頭頂部開了扇天窗，讓佇在駕駛座中百寶樹旁的青蘋，得以站直身子，將腦袋探出揭開頂部的車頭外，捏著黃金葛專注待命。

妖車後車廂裡，則堆著滿滿的糧食飲水和眾人行囊，只留下約莫一人躺平身子的空間，供有需要的人輪流使用。

原本那二樓加蓋車廂，則被裝上輪子，架上兩支長柄，裡頭也堆著乾糧零食，讓妖車車尾的兩隻金屬怪手拉著走。

安娜將妖車從多層改回一層，自然爲了因應進入萬古大樓之後，空間有可能變得窄縮；捨棄車輪而改以四手六足行動的妖車，也能夠與眾人一同爬樓梯；設有針陣的車廂，像是移動堡壘，不但能載運各種物資，還能作爲廁所和種植百寶樹的活動盆栽。

眾人進入萬古大樓。

此時，是他們重入黑夢的第三日深夜，即將邁入第四日凌晨。

萬古大樓一樓便如先前張意所見般空曠古怪，唯一不同之處，是中央那座巨大的金屬升降梯平空消失了——

一樓空間裡，原本升降梯的位置，留下一片方形區域，覆蓋著一片片臨時焊接拼湊的金屬板子。眾人抬頭，在這方形區域正上方，數層樓高的天花板上，同樣也有一塊方形區域，以木板、鐵皮和鐵絲網遮蔽覆蓋著。

「呃！我剛剛進來的時候，這裡明明有個大電梯，就在這個位置呀……」張意指著地上那寬闊方形區域說。

「他們顯然不想讓我們輕鬆上樓。」伊恩這麼說。「張意，接下來你的工作量會變得沉重許多，大家全靠你了……」

「我的工作量……」張意怯怯地問：「我……我該做些什麼？」

「師弟，老大剛剛不是跟你說過了！」摩魔火怒氣沖沖地罵：「你沒認眞聽老大說話？」

「我有認眞聽！」張意急急辯解：「我要負責留意四周黑夢變化，避免敵人偷襲——我從剛剛一直在注意，四周沒有動靜啊！」

「等等。」安娜揚了揚手，高聲說：「我得跟大家說明得更清楚，張意負責對抗黑夢，他可以感應到黑夢裡一切動靜和變化；但我們的敵人不只有黑夢，也有各式各樣的四指殺手，如果對方使用先前那些植物、毒蟲、木偶，或是其他法術對我們發動進攻，張意未必能夠提前察覺。這一點，請大家無論如何也要記住，所有人都要保持警戒，我們已經踏進了全世界最危險的地方。」

「嗯。」「喔……」大家零星地附和，這一點，眾人早已彼此提醒過許多次，做好了萬全準備。

「那……老大，他們把電梯拆了，我們該怎麼上樓？」張意隨口問，但見大家都望著他，知道自己又問了多餘的問題。他負責開路，無路可走時，自然也由他來造路。他感到頭上摩魔火的溫度逐漸提高，便連忙說：「我……我來試試看！」

他仰起頭，望著天花板，閉起眼睛，只覺得全身立時和黑夢「連線」起來，這萬古大樓一樓四周，彷彿都成了他身子的一部分。

他舉起戴著戒指的右手，緩緩一撥，將那天花板方形鐵皮、木板和鐵絲網處摳了摳、撥了撥，像是揭開痂皮般地揭破了那片片木板和鐵皮，扒出一個巨大空洞。

眾人透過天花板上的空洞，看見更上一層樓的內部，像是廢棄樓房般漆黑黯淡，同時隱約見到那樓層中的天花板，在同樣的位置上，同樣封著鐵皮和古怪板塊；這些以各種板子遮住的方形區域，就是原本那座巨大升降梯的行徑路線。

張意一連揭破好幾層樓那升降梯路徑上的攔阻板子後，睜開眼睛，望向眼前那方形區域上，堆積著一大堆被他扒落的木板、鐵絲網和鐵皮。

他再次閉起眼睛，舉起手來，眼前那堆鐵皮、木板，彷彿成了黏土般，能夠自在揉捏。但那片片塊塊的薄板和碎塊自然不夠他建造階梯。

他便開始從四周掏摸。

「哇——」眾人見到萬古大樓四周，冒出一隻隻古怪大手，那些大手全部都是各種器械、雜物、家具和招牌堆聚成的手形大物，一隻隻大手胡亂在地上扒挖、掏摸、揉捏起一堆堆東西。

張意一隻隻黑夢巨手，像是孩童玩砂捏土般捧起一堆又一堆的雜物，往中央方形區域堆去。張意將四處扒來的「黏土」，捏塑出一塊歪歪斜斜、凹凹凸凸，猶如各種廢棄雜物壓縮而成的平台。

跟著，他緩緩舉手，像是試圖將那平台托高——

平台果然轟隆隆地往上升了數十公分。

「這是……張意兄做的手工升降梯？」夜路驚訝地彎腰，壓低身子往那平台底下瞧了瞧，只見平台底下有好幾根粗梁支撐，那些粗梁本身也是由各種黑夢雜物壓縮聚成。

「我們踩著這個上樓？」盧奕翰上前拍了拍那古怪平台，甚至試著拉動嵌在平台上的電冰箱、電視機、交通工具和各種家具，只覺得雜物之間經他拉扯，喀啦啦地竟有些鬆動。

盧奕翰正遲疑間，硯天希卻迫不及待地拉著夏又離躍上那巨大平台，在上頭奔跑蹦跳，嘻嘻笑著說：「這挺好玩的，那小子的法術還眞有趣！」

「別急，一個一個上去，別一起上去……」安娜這麼說，跟著望了望妖車，對他說：「你試試能不能爬上去。」

「咦？要我爬上去？」妖車來到那數十公分高的寬闊平台前，有些猶豫，舉起車頭兩隻金屬長手，揪著那平台上雜物某些凸起處，試著往上攀。

「別幫他，讓他試試。」安娜見摩魔火似乎在吩咐張意將平台降低點，便立刻阻止，她解釋說：「樓上或許有更多奇異地形，妖車如果能夠爬坡攀岩，那是最好不過了。」

「要我爬坡攀岩……」妖車聽安娜這麼說，儘管覺得害怕，也只得咬牙嘗試。他將車身兩側那六條金屬腿和腳掌上一根根腳趾都伸得更長，讓腳掌也具備抓握功能，揪著平台上的雜物縫隙奮力往上攀。

「哇！」站在前駕駛座小陽台上的青蘋感到車身逐漸傾斜，只得抓緊窗沿，車廂裡一箱箱糧食、行李緩緩往外傾滑，立時被安娜以長髮綑實推回原位。

「呀——」妖車費力地手腳並用，終於攀上那平台，在眾人協力下，還將變成拖車、裝滿了儲糧的加蓋車廂也扛上平台。

所有人都登上了平台，只覺得踩踏跳躍時，腳下雜物雖然有些鬆動，卻也不致於毀壞垮散。

摩魔火見所有人做好了準備，便令張意托高平台，將眾人往樓上送。

「哇……」大夥兒感到平台晃動起來，腳下的雜物微微起伏著，像是浮在水面上般。

小八和英武飛到平台外緣，這才知道這平台能夠上升，是因爲底下幾支巨大梁柱會不停升高，且升得不大順暢，不時停頓——張意每每托高平台一段距離，就得再從四周挖扒更多黑夢雜物，往梁柱上揉合。

便這樣，他們循著原本的升降梯路徑一路向上，張意按照安娜的指示，將升降平台的梁柱和沿途經過的樓板以雜物鋼筋、鐵板釘合固定，讓平台更加穩固。

「十三、十三、十三……」小八在眾人身邊飛繞，數著樓層變化，他同一個數字喊了好久，卻見平台升高的速度變得緩慢，不由得急躁起來，嘎嘎大叫：「怎麼還不快點上十四樓？我們在十三樓停好久了……」

「不對。」夜路搖搖頭。「這層其實是十八樓，原本的萬古大樓前面五樓上下都打通了，不能算一層樓，要算五層樓；所以這裡是十八樓，上面是十九樓。」

「亂講！」小八對夜路的計算標準顯然不同意，飛到他面前和他爭辯起來。「一片天花板算一層樓啊，你在亂講什麼？」

「你們吵這個做什麼？」盧奕翰瞪大眼睛，要他們安靜。

「不……」安娜突然想起了什麼，說：「要是小八不提這點，我還眞沒想到……」她說到這裡，轉頭望向張意，說：「你之前說，晝之光朋友們受刑的樓層在二十五樓，也就是說當你逐漸往上挖時，會挖開二十五樓的地板？」

「這……」張意歪了歪頭，似乎還沒想到這問題。

「現在是十八樓。」夜路抬頭望了望上方，說：「也就是說，再過七樓，就會抵達那個牢房。」

「不對——」小八氣憤尖叫：「現在是十三樓！再過十二樓，才是二十五樓，你會不會算數呀貓狗人！」

「別管現在在幾樓，反正挖破了有人的那層樓，就會有四指掉下來！哈哈哈，那還眞好玩！」硯天希像是對張意挖破某層天花板後，四指成員跌落下來的模樣感到十分期待，她呵呵笑著彈指畫咒，召出了一隻墨繪大火鷹，托在手上，望著天花板，擺出一副準備投擲的姿勢。

「等等！」夏又離連忙將硯天希拉遠些，說：「如果眞是牢房，掉下來的也有可能是協會或是晝之光的人啊……」

「死又離，你也和他們一樣總是把我當瘋子啊！要是掉下來的是夥伴，我當然不會打！」硯天希氣呼呼地說：「我只打四指，可以吧。」

「唔……」張意舉手緩緩往上抬，不知怎地，他覺得這座升降平台變得沉重起來，已不像一開始那麼輕易托起。

他吁了口氣，費了好半晌，又將這寬闊平台往上抬升了五層樓，這數層樓彷彿像是百貨公司，有男女服飾、精品樓層，也有家電、廚具樓層。

眾人身處的這樓層四周貨架、玻璃櫥櫃中，則是各年齡層的玩具和娃娃。

「十八樓了，這裡才是十八樓。」小八嘎嘎叫著。

「不，二十三樓。」夜路這麼說。

張意舉手扒開了他們頭頂上方天花板上那方形空洞外的鐵皮和木板之後，卻見到後頭竟還堵著厚實的水泥層，與先前十餘層樓那些鐵皮、木板後的空洞大大不同。

這層樓的升降梯路徑的方形空洞被填實了。

在摩魔火催促下，張意本來正要繼續動手挖牆，握著七魂的伊恩突然開口：「張意，休息一下。」

「怎麼了，老大？」摩魔火不解地問。

「他累了。」伊恩這麼說：「我感覺得出來他身體裡魄質的變化，他比一開始虛弱不少。這裡已是黑夢核心，敵人隨時會使用黑夢發動強襲，我們必須讓張意維持一定的魄質存量，才能應付突發狀況。」

摩魔火聽伊恩這麼說，也不好繼續逼迫張意，只是對他說：「師弟，你之後要多鍛鍊身體，讓自己更強壯點，知道嗎？」

「是……」張意伸了伸臂、揉了揉頸，他其實分辨不太出來異能者施法放術所使用的魄質，和尋常肌肉力量之間的差異；他覺得自己此時說不上「累」，但施展黑夢時確實不如之前順暢。

「不到一小時就前進了二十多層樓，這速度其實比我想像中快多了。」安娜說：「這也代表，我們和安迪的最後決戰，或許會比想像中更快來到，大家要做好心理準備。」

□

「又離，我們去逛逛。」硯天希和眾人待在妖車周圍，等待張意休息，不到二十分鐘，便覺得浮躁無聊，她見到這樓層擺放著各種玩具、公仔，便提議四處逛逛。

「最好不要……」夏又離搖搖頭。「現在我們是團體行動，要配合大家。」

「你們是團體行動，我不是。」硯天希不太同意夏又離的說法。「你們專程前來處理黑夢，我只是順路搭個便車來殺安迪，你們的團隊規則管不到我身上。」

「我的身體就是妳的身體呀……」夏又離無奈地攤了攤手：「天希，現在要以大局爲重，要是出了萬一，妳又讓黑夢控制，我們會很傷腦筋……」

「什麼！」硯天希不悅地說：「你當我傻瓜嗎？我哪有那麼容易被黑夢控制？你幹

嘛一直提之前發生的事，之前我什麼都不記得！我跟你說，一定是協會那時的藥或是點滴出了問題，不然我才沒那麼容易被控制……」硯天希和夏又離爭辯起之前她被黑夢擾亂心神的經過，一口咬定是當時她在協會台北分部接受治療時發生了醫療疏失，才讓她被黑夢侵入了腦袋，神魂顛倒了一段時間。

「天希，要不要用這個逛?」安娜捧著一具空拍機，遞給硯天希。

「這什麼鬼東西?」硯天希接過安娜遞來的空拍機和一支裝著智慧型手機的控制器。

「天希娘娘，空拍機是這麼用的。」夜路手上也抓著一支控制器，遙控著一台空拍機嗡嗡升空。

這些空拍機和手機，是他們之前沿途經過賣場時搜刮來的物資，此時無事可做，夜路便與盧奕翰、青蘋組裝試用——這黑夢巨樓之中不但有著電力，甚至還有網路，讓這幾台空拍機能夠將攝影畫面透過網路，顯示在固定於控制器上的智慧型手機螢幕裡，讓他們遠端遙控。

「往左、往左，去那邊！」硯天希和夏又離臉貼著臉，指揮著夏又離操縱空拍機升空，朝玩具樓層深處飛去；一旁的夜路、盧奕翰以及安娜操縱的三台空拍機也先後嗡嗡飛起，各自飛往不同方向。

由於萬古大樓在五樓以上都與周圍黑夢建築相連融合成巨城的一部分，每一層樓幾乎都寬闊得漫無邊際。

另一邊，張意閉著眼、盤腿席地而坐，他掛在胸前那裝有魄質的小瓶子閃閃發亮，裡頭裝著眾人透過雪姑蛛絲和張意交換魄質時，被伊恩引流法術截流囤積進瓶子裡的備用魄質——而眾人被截流而去的魄質，便由盧奕翰一路不停補充零食，讓腹中阿弟轉化成魄質來填補。

此時伊恩施術將瓶中魄質緩緩導入張意體內，加速他恢復氣力，如同吊點滴一般。

張意在伊恩指示下，再次讓意識融入四周黑夢偵查探索，他穿透了天花板，來到上方樓層。

這層樓與他在其餘樓層穿梭時有些不同——其他樓層儘管也有些毛胚樓層，但在碩大的空間中總也懸著一、兩盞黃色燈泡，或是在牆面上掛著幾片閃動異光的告示看板，就算昏暗，也不致於伸手不見五指。

而這層樓，便是伸手不見五指，沒有一丁點光線。

但令意識融入黑夢的張意，依舊能夠感應四周動靜變化。

他感應出這層樓裡頭十分空曠，卻又十分擁擠——他一時間無法理解這古怪的矛盾感原因爲何。他感到空曠，是因爲這層樓不像底下那些百貨樓層中擺放著各種商品、櫥櫃和隔間，而只有梁柱；但那空曠之中，他卻矛盾地感到了擁擠，這是因爲在這什麼也沒有的空間中，其實被一種東西塡滿著——

水。

起初他尙不明白這塡滿四周空間的東西究竟是什麼，對他而言，不論是意識還是眞身，在黑夢空間中穿梭，不論碰著任何東西，都像是水一般。

但當他陡然驚覺四周有些巨大得像是魚類的東西時，這才陡然明白這漆黑樓層裡，竟然裝著滿滿的水。

他讓意識再次往上游竄，穿過了天花板來到更上一層樓。

還是一樣漆黑，還是滿滿的水。

他接連穿過數層灌注著滿滿的水的漆黑樓層後，終於來到一層有光的樓層中，這樓層同樣是毛胚構造，空曠寂寥，但不遠處有盞小燈，小燈底下圍著幾個小壞腦袋。

那些小壞腦袋有的騎著玩具木馬、有的翻著童書、有的彼此嬉鬧打架、有的吃著不知道什麼東西的東西。

這景觀乍看上去，就像是某個奇異幼兒園的內部一角。

這些小壞腦袋們在張意竄入這層樓之後，全都停下了動作。他們似乎看得見張意的意識。

他們紛紛站起身來，咧開嘴巴大笑，像是聽見了主人叫喚的幼犬般，一個個張手拔腿朝著張意的意識奔來。

08水

「呃？那是什麼？往那邊飛過去……」硯天希盯著夏又離控制器上的手機螢幕，搖著他胳臂，要他遵照自己的意思讓空拍機前進。「是魚呀，好大的魚！」

郭曉春和青蘋站在夜路、盧奕翰等人身後探頭探腦，盯著他們各自攝得的空拍畫面；她們聽硯天希嚷嚷起來，便一齊湊近看向夏又離手上的螢幕。

「有魚？」夜路咦了一聲，也湊近去看。

只見夏又離那螢幕裡出現一座座數公尺高的巨大水族箱，裡頭有各式各樣的魚兒游動，那些魚兒模樣古怪，雙眼閃動著奇異的紅光，嘴巴開開闔闔，滿嘴駭人利齒。在某些體型較大的魚身上，甚至閃動著鮮紅色的符籙文字。

夏又離操縱的空拍機持續前進，攝得的水族箱更多且更大，連水族箱中的魚都越來越大，甚至出現許多數公尺長的大型魚。

「你們飛到什麼地方啊？」青蘋不解地問。

「就……往前面一直飛啊。」夏又離指了指這玩具樓層的某個方向。

「啊！」盧奕翰也叫了一聲，大夥兒往他手中的空拍螢幕探頭望去，只見他的空拍螢幕上，出現了一具具古怪木偶，那些木偶外型像是漫畫家參考用的人體骨架木偶，但體型與正常人類相近，一顆顆圓滾平滑的木頭腦袋上，都以奇異紅漆畫著一副豎目怒容。

「你這又是哪裡啊？」青蘋問。

「我也是往後面一直飛啊……」盧奕翰反手以拇指指了指後方。

「啊呀！」夜路也驚呼一聲，他的空拍畫面上，則是出現一個個奇異木箱，那些木箱的箱門上包覆著鐵絲網，透過鐵絲網可以見到箱裡爬著各式各樣的古怪昆蟲。

「各位，我覺得不對勁，這陣仗顯然絕不只是擺設而已。」安娜緩緩站起身來，仍盯著手上的空拍畫面；她的空拍機在飛過一排排玩具貨架後，繞進百來公尺外一處與百貨公司陳設完全不同的區域。

那兒的牆壁和梁柱全沾滿漆黑油垢，像是座巨大修車廠，一輛輛車輛和機械被拆解得七零八落，同時也有好幾台車輛如同妖車般經過誇張改造，組裝得奇形怪狀，有些車輛尾端甚至裝上了汽艇用的螺旋槳引擎。

有些模樣古怪的修車工人，一個個雙眼通紅地盯著安娜操作的那台空拍機，但無人停下手上的工作，而是持續撿起腳邊各種古怪零件，毫無邏輯地往那些奇形詭怪的車輛上堆疊嵌裝著。

「哇！不要過來——」張意怪叫一聲，睜開了眼睛。

「師弟，你看見了什麼？」摩魔火急急地問：「瑪麗他們在不在上面？」

「我……我還沒到他們那層樓……」張意上氣不接下氣地說：「那些小壞腦袋追著我跑，他們能夠看到我，我差點被他們逮到，嚇死我了……」

「小壞腦袋？」摩魔火問：「是你之前說過的那些壞腦袋複製品？」

「對……就是他們！」張意連連點頭。

「除了艾莫和麗塔之外，那些複製品也能影響到你？」伊恩問。

「對……對對！」張意餘悸猶存地繼續點頭。「我往東，他們就往東；我往西，他們就往西；我飛上樓，樓上還有好多小壞腦袋，他們碰得到我，我差點就回不來了！」

「他們阻止你上樓？」摩魔火和伊恩還想繼續深問，卻聽見硯天希、夜路等操縱空拍機的幾個人同時驚呼起來。

「啊！破了？」「哇，箱子打開啦？」「動了、動了，他們動了！」「哦，他們想駕駛那些車？」

這四道驚呼幾乎同時發出，他們紛紛吆喝嚷著要其他人來看自己的空拍畫面，一時之間亂成一團。

青蘋和郭曉春站在他們背後，反倒看得清楚——她們見到硯天希和夏又離拍到的水族館畫面裡，一座座巨大水箱上崩出一道道裂痕，滲出水來。水箱裡的魚群雙眼綻放著紅光，激烈躁動游竄，甚至往那崩裂的玻璃箱上撞。

盧奕翰拍到的那些木偶，喀啦啦地手舞足蹈、四處走動、翻箱倒櫃起來，從一些堆放在角落的大木箱中，翻出各式各樣的菜刀、水果刀和西瓜刀。

夜路拍到的巨大木箱中，一扇扇箱門揭開，各式各樣的毒蟲飛出、爬出，有些箱中甚至竄出古怪的蟾蜍或是毒蛇。

安娜空拍機畫面裡那十餘名修車怪客們，則持著扳手、螺絲起子和一些說不出名堂但模樣嚇人的工具，一一登上那幾輛奇異拼裝車，那些拼裝怪車有的生出利齒和奇異的大眼球，有的則和妖車一樣，在車體四周長出嚇人的金屬長肢。

啪啦——

一聲巨大爆裂聲，自剛剛夏又離空拍機探得的水族箱區域傳出。跟著，是接二連三的爆裂聲，同時伴隨著一陣陣激烈流水聲。

夏又離端著空拍機控制器，只見螢幕上那水族館區域一座座巨大玻璃水槽紛紛炸裂，裡頭的水洩洪般溢出，水槽中的大小魚群像是脫出柵欄的猛獸般，飛快循著淺水游竄起來。

「青蘋上車、曉春拿傘！」安娜急急提醒青蘋和郭曉春，跟著抖了抖長髮，高聲下令。「大家準備好，敵人有動作了！」

一聽安娜這麼說，本來窩在那雜物堆成的升降平台上一張沙發裡抽菸的小蟲立時蹦起，窩在車廂中翻找零食的老金也滾下車來，嘴裡還叼著一包餅乾，唰地變回虎身，警戒地張望四周。

郭曉春接過阿毛遞來的十二手傘，召出傘魔大隊，硯天希拉著夏又離翻上妖車車頂四顧張望，盧奕翰捏了捏拳頭，夜路喊出鬆獅魔。人人繃緊神經，全神備戰。

嘩啦啦啦——

一片淺淺的水浪從夏又離負責的空拍區域，往眾人駐足的玩具區域中央溢來。

只見那淺浪流至升降平台邊，便自那升降平台和樓層破口間隙，滲入了底下的樓層。

隨著淺浪一同游滾而來的那些大小魚兒，游到接近那樓層破口邊緣時，卻不停扭動身子、蹦彈離地，往眾人蹦去；有些魚兒蹦得較高較遠，被盧奕翰揮拳擊落、或是被鬆獅魔咬下。

「這什麼魚這麼滑稽啊！」硯天希見狀忍不住呵呵笑了，卻見身旁的夏又離臉色古怪，她湊近他臉旁望了望他手中空拍畫面，只見他負責拍攝的水槽區域，一座座巨大水槽持續炸裂，洩出更多水，同時，許多水槽破裂、水洩空後，本來埋在槽中奇異管路，竟仍不停噴出有如消防水柱般的激流。

而且那水槽區域的地面，似乎有些傾斜，令大量破槽而出的大水持續不斷地往玩具區域淹來。

同時，夜路拍得的那些蟲箱裡的飛蟲，也已經飛入玩具樓層。

眾人經歷了前一場飛蟲大戰，已經做足準備，郭曉春除了張開鳳凰傘外，也張開雀兒傘，喚出大批大鳥、小鳥，分成數隊飛入玩具貨架上空，攔截來襲毒蟲。

另一個方向，響起一陣古怪引擎聲浪，安娜以空拍機拍到的那批修車工人，正駛著十餘輛怪異拼裝車，推倒一排排玩具貨架之後，停在距離妖車十餘公尺之外，遠遠觀望著。那一輛輛改裝怪車，樣貌已經完全不像是「車」，而更像是一頭頭奇幻妖獸。

「哇！那些是什麼東西呀？」妖車遠遠見了那詭怪車隊陣仗，嚇得尖聲怪叫起來。

「他們和我一樣也是車子嗎？」

又一個方向，盧奕翰拍到的那大批木偶，持著各式刀械列隊走出，也停在距離妖車十餘公尺外按兵不動。

「咦？水位怎麼變高了？」夜路感到腳下有些浸濕，低頭一看，那本來應當滲入樓層破口的水，竟淹上了升降平台，且持續往上滿溢，他訝異喊著：「樓下這麼快就滿了？」

「不……不是樓下滿了！」張意大嚷：「是那些小壞腦袋把樓下封起來了！」他這麼嚷的時候，還瞇著眼睛，讓意識再次下探，只見底下樓層的升降平台周圍，圍起一圈怪異石磚，而在更下方的平台間隙，則已完全被水泥封死，自那升降平台邊緣洩下的水無處可去，自然便滿上平台。

「他們想用水淹我們！」安娜急急下令。「張意，扒開天花板，我們趕快往上！」

「不行！樓上更多水……」張意連連搖頭解釋著剛才所見。

安娜等人聽張意說明，這才知道頭上數層樓都灌滿了大水，只要張意一破牆，立時便要淹滿這整層樓。

啪啦一聲裂響，眾人頭頂上方天花板崩出一條裂縫。

一條裂縫很快崩出無數條分支裂痕。

「師弟，你不是說上面也有水，幹嘛破牆？」摩魔火驚問。

「不是我弄破的！」張意連忙舉手將那天花板上裂痕抹實填平，他驚叫著。「是那些小壞腦袋，他們每一個都能操縱黑夢！」

張意還沒說完，眾人便聽到不論遠處還是近處的天花板，都發出了一聲聲碎裂聲響。

天花板上十餘條裂痕飛快擴散成百條、千條——又被張意急急抹平，張意儘管遲鈍，但對危險的感知倒相當敏銳，在他那頭頂上方數層樓裡積藏的大水，和藏在大水裡那些凶惡怪魚，令他害怕得不得了，他說什麼也不想讓那奇怪的大水淋在頭上。

此時他對於黑夢的控制能力顯然高過那些小壞腦袋，他可以迅速地抹平天花板上那些裂痕，且堆疊封上更多磚石、板塊——

但他只有一個人。

啪啦、轟隆幾聲炸裂聲，遠處的天花板裂出了更大的破口，一道道大水瀑布似地洩下。

本來往升降平台襲來的淺浪，一下子堆高許多，拍上平台、淹過各種隆起雜物之後，蓋上眾人腳踝。

同時，本來圍在平台十餘公尺外的木偶和怪車隊，在四周滾滾大水洩下時，也終於有了行動。

一具具木偶臉上繪著的紅漆五官閃耀起光芒，紛紛舉起手中刀械利器，凶氣逼人地踏水殺來。

一輛輛拼裝怪車彷彿機械惡獸，響起尖銳得如同鬼吼的引擎聲，撞翻了幾具貨架，往升降平台方向衝來。

幾具奔到妖車前的木偶，腦袋磅啷啷地炸裂。

克拉克將狙擊槍架上張意肩頭，手指飛扣扳機，精準地射爆好幾個木偶腦袋。

但這些被轟去腦袋的木偶卻仍能行動，一股股鮮紅如血的汁液從木偶破開的頸際濺出、溢至胸口，爬畫出新的眼睛口鼻，這些木偶新生在胸膛上的怒目更凶、利口更惡，彷彿要噴出火來，一個個持刀撲殺到妖車前——被無蹤飛拳快腿一一撂倒，或是被霸軍挺著長槍戳穿身子揮掃摔砸得四分五裂。

「水裡的魚會咬人！」夜路跳腳怪叫起來，有一隻巴掌大的小魚咬著他小腿不放，有財自他腿邊竄出，伸爪子揪著那小魚，硬生生將小魚從夜路小腿扯下，那小魚嘴巴開開闔闔，滿嘴利齒像是食人魚一樣。

夜路褲管立時被鮮血染紅了一大片。

「別踩著水，站上來！」安娜指揮著妖車，在車身兩側生出能夠供人站立的金屬平台，吆喝著眾人遠離那轉眼淹上眾人小腿的積水。

眾人紛紛踩上那平台。青蘋鑽回駕駛座裡，指揮著神草黃金葛驅蟲趕魚。郭曉春帶著阿毛攀上妖車頂部挺傘繼續大戰四周惡蟲。

「我們得離開這裡。」伊恩獨目眨了眨，雪姑銀絲倏地竄開，捲上張意四肢身體。

安娜下令妖車往前走動，此時四處天花板上的破口越裂越大，灌下的大水轉眼就淹上成人膝蓋高度，沖湧激盪的水流將妖車都沖得搖晃轉動起來。

妖車伸長了車側六足和車頭車尾四手，將車身撐起老高，抓緊升降平台上各種雜物那橫生突出的抓握處，費力保持車身不讓激流沖倒。

「啊呀！」妖車怪叫一聲，車尾泡在水裡的金屬長手被幾隻怪魚咬了幾口，嚇得鬆了手，拖在車後那加蓋車廂嘩啦被水沖遠，車廂裡的食物全流散撒出。

「這些魚好會跳！」夜路再次被一隻自水面蹦起的大魚咬著肩膀，鬃獅魔汪地探出頭一口咬去大魚半邊身子，有財趕緊將那怪魚嘴巴掰開，從夜路肩頭拔起扔下。

更多怪魚斜斜地游來，一隻隻往妖車車頭上撞，站在駕駛座旁平台上的夜路和盧奕翰首當其衝。夜路舉著鬃獅魔朝著飛魚狂吼，吼飛竄向他上半身的幾隻飛魚，卻又讓腳邊水面下蹦起的小魚咬住大腿，痛得哇哇大叫；盧奕翰化出鐵身，將飛魚一一彈開。

前駕駛座裡，青蘋也讓兩隻自車窗彈入身旁的怪魚嚇得哇哇大叫，她在狹小的小陽台中，拚命閃避著那兩隻蹦彈怪魚的啃噬，胳臂被怪魚利齒劃得鮮血淋漓，盧奕翰和夜路連忙伸手進駕駛座趕魚，混亂之間，兩條怪魚一隻被盧奕翰捏死，一隻彈上半空，被飛回幫忙的英武張爪揪個正著，扔出車外。

「往前、往前！水位越來越高了！」安娜揪著妖車車窗大聲下令，一面鞭甩長髮，將一隻隻往她身上躍來的怪魚擊落。

「我不會游泳、不會游泳啊……」妖車死命地往前扒走，滾滾大水灌入後車廂中，有些怪魚彈進了車廂不停跳動，甚至啃噬起堆放在車廂裡的乾糧。

「這車子笨死了！」硯天希一個扭身，撲坐在夏又離後頸上——她和夏又離身體相黏部位並不固定，這段時間她和夏又離花了不少心思研究身子相黏的規律和轉移方法，此時她讓大腿黏著夏又離肩膀，夏又離畫出破山咒附上大腿，讓雙腿拔高，躍進妖車前方水中，像是踩著高蹺一般。

硯天希狐狸尾巴抖了抖，畫出幾道黑藤咒，讓後頭的妖車雙手抓著黑藤，同時硯天希雙腿一夾，喝令夏又離往前開路，將妖車拉出張意造出的升降平台。

「哇！好痛、好痛！水裡有魚！」夏又離才走幾步，立刻痛得哇哇大叫，騎在他肩上的硯天希與他五感相連，也痛得大罵起來，低頭一看，有幾隻魚圍上夏又離那破山咒雙腿，大口啃咬起來。

他倆同時畫出幾隻鎮魄犬擲進水裡，那些鎮魄犬一撲進水裡，立時划起水來，將腦袋探進水裡，張口反咬那些啃噬夏又離雙腿的怪魚。

「哇！」張意在雪姑蛛絲操縱下，倏地拔開七魂，往身前水面幾具泅水而來的木偶劈去。

切月紅光劈斷木偶，也劈開了水面，甚至劈裂了地板——伊恩就是想劈裂地板。在張意控制黑夢的力量加持下，伊恩這一斬，將地面劈開好大一道裂口，讓大水往樓下洩。

「繼續往前。」伊恩高聲下令，讓雪姑將七魂刀鞘縛在張意腰際，讓張意右手持刀，騰出左手。

「他們……他們人太多了！」張意時而閉眼、時而睜眼，有時揮手在遠處水底鑿幾個洞讓水洩去，有時順手填補天花板上破口，還不時讓意識上樓下樓偵查。

他見到樓上水中有許多小壞腦袋嘻嘻笑地騎魚潛水，有時又見到樓下有許多小壞腦袋亂竄奔跑，不停堆築起有如蜂巢般一格又一格的隔間——這些隔間像是一堵堵擋水牆，讓張意或者伊恩劈裂地板後，往下洩去的水量受到了限制。

除此之外還有些小壞腦袋將張意鑿開的地洞封死，甚至造出巨大水管和抽水馬達，將洩進樓下的水，重新抽上樓，灌入張意等人所在樓層中。

「阿毛，給我鯉兒傘！」郭曉春蹲在妖車車頂上操傘，這幾層樓層雖然挑高較多，但郭曉春踩在車頂上，揚起手來便已接近天花板，只好橫舉十二手傘，指揮著數條土龍在水中翻騰掩護妖車；那些土龍本是無數小泥鰍聚成的大物，在水中也能游動自如，但擋下某些體型較大的怪魚，卻攔不住小魚。

郭曉春接過阿毛遞來的鯉兒傘，拋給十二手鬼張開，傘下嘩啦啦地竄落一堆金光小鯉，立時分散開來，在妖車車身周圍圍成好幾層圈圈，阻擋那些咬人怪魚襲擊妖車眾人。

同時，傘魔豬仔和樹人在車尾現身，樹人伸長雙足踏地，伸出枯枝纏住妖車左車尾；豬仔吸飽了氣讓身子鼓脹成一個大浮球，揪著妖車右車尾，和樹人一左一右將妖車托得更高，讓妖車得以在新一波大浪拍來時，車身還有四分之三浮在水面上。

「啊！」郭曉春蹲伏在妖車車頂，好幾次差點因爲波浪起伏，讓腦袋或是後背撞上天花板，她那十二手傘上的十二手鬼橫生在妖車車身外，孔雀開屏似地張開幾張傘。

更多木偶泅進了水裡游向妖車，被長門甩出的銀流，釣蝦似地一隻隻勾出水面，再讓克拉克擊碎腦袋身軀。

十數輛巨大的拼裝怪車轟隆隆地破水駛來，四面包圍上來，安娜這時才知道不久之前見到那些怪異修車工，在那些怪車車尾嵌上汽艇引擎的用意——

這些拼裝怪車看起來像是放大無數倍的突變怪蟹，張著一隻隻古怪大爪，車尾那些汽艇引擎讓一輛輛拼裝怪車快速在水中竄游，掀起一波波更加巨大的大浪。

有些怪車上的修車工抓著窗沿探出身子，舉著衝鋒槍對著妖車上的眾人射擊起來，其中有些傢伙甚至從車中扛出了火箭筒。

「哇！」「他們開槍！」妖車上眾人一片慌亂，盧奕翰化出鐵身，擋在駕駛座外，替青蘋擋下一陣彈雨；夜路舉著鬆獅魔吼飛一些子彈，但沒有保護的大腿捱中好幾彈；安娜在那些修車工開火前急急撲進了水裡避過掃射；車頂上的阿毛張開石棒傘替郭曉春擋下子彈；長門撥出幾面銀浪替自己和張意擋下一陣彈雨；明燈灑出的符籙化成網狀，將一枚射向妖車的火箭彈團團裹住之後，沉入水裡，炸起一波大浪。

克拉克左右開槍，兩槍擊碎那持著火箭筒探出車外的修車工腦袋和一旁的駕駛。那失去駕駛的拼裝怪車，凸起車燈大眼、咧開血盆大嘴，張揚起數隻金屬大爪，像隻發瘋的巨蟹般窮凶極惡地往妖車竄來，被化出虎身的老金撲進了水裡。

「吼——」老金在水中扒著這怪車，一口口將這怪車的金屬怪手咬下，跟著又將幾隻探在怪車身外的寄生怪蟲咬碎。

「妖車，別怕，繼續往前！」安娜從妖車另一側浮出水面，攀上妖車側面駐足平台，甩動長髮捲去咬著她身子的幾隻小怪魚，輕拍著哆嗦不已的妖車車身安慰著他。

「這樣下去不是辦法。」伊恩這麼問：「張意，你能鎖定那些小腦袋的位置嗎？」

「鎖定？老大……我看得見他們每一個……你想怎麼做？」張意像是一下子不明白伊恩的意思，但還沒問明白，就感到身子在雪姑蛛絲的牽動下，微微往前傾，像是站在游泳池畔準備跳水的模樣。

「老大！你想去狩獵那些小壞腦袋？」摩魔火見伊恩打算展開行動，連忙出聲提醒：「那些小壞腦袋也能控制黑夢……他們或許會趁我們離開時襲擊妖車……」

「我知道。」伊恩這麼說，又問：「張意，最近的小腦袋在什麼方向？離我們多遠？」

「啊？」張意聽伊恩這麼問，連忙閉目張望，跟著睜開眼，左手指向左前方水面。「那邊！有兩個小壞腦袋，他們在……接水管！他們把流下去的水往上抽！」

「安娜。」伊恩突然提高分貝。「替我看著車子五分鐘，辦得到嗎？」

「不包括小狐魔的話，二十分鐘也沒問題。」安娜站在妖車另一側，像是明白伊恩喊她的意思。

「老金。」伊恩又喊：「小狐魔交給你照顧五分鐘，行嗎？」

「啊？」老金正伏在另一輛拼裝怪車上，嘴裡啣著那怪車一條金屬胳臂，聽伊恩喊他，立時高高躍起，在空中翻了個滾，又化爲那小童模樣，踩過幾隻躍出水面的中型大魚，蹦向車頭前方，攀在車頭上，回頭望了望伊恩斷手，說：「你想我怎麼照顧？」

「別讓她傷著大家。」伊恩這麼說：「我五分鐘內回來。」

「混蛋，你們各個都當我瘋子啊！」硯天希騎在夏又離頸子上，站在距離妖車數公尺的前方拖著妖車往前，她聽伊恩和安娜、老金等對話，像是將她當成了戰友中的不定時炸彈般，氣得回頭怒罵：「我話說在前頭，你們哪個被黑夢迷昏了來惹老娘，我絕不手下留情，一個個打爆你們腦袋！哼！」

「又離、又離、又離……」夜路摀著傷痕累累的雙腿，聽見硯天希說話，便探頭喊著夏又離，向他擠眉弄眼，不停指著硯天希。

「現在還沒……她現在還正常！」夏又離明白夜路是在詢問硯天希此時的心智狀況，但硯天希看在眼裡，更加惱火，伸手捏了夏又離臉頰，自己也痛得喊了一聲，怒氣沖沖地回頭叱罵夜路：「我如果發瘋，保證第一個殺你！」

「我……我做錯什麼了？我只是關心妳，也關心大家……」夜路正想辯解，突然聽見一旁發出撲通一聲，還以爲又有大魚蹦出要咬他，嚇得轉頭看去，竟是張意躍進了水裡。

那水面耀起一陣紅光，陡然出現一個像是漩渦般的空洞——是切月斬破了地板而造成的漩渦。

張意伴著大水，從那破口竄落到底下樓層，他睜開眼睛，左手直指斜前方。

伊恩斷手獨目閃閃發光，盯住了十餘公尺外兩個小壞腦袋。

那兩個小壞腦袋正忙著比手畫腳造新水管，一見張意衝下，立時尖聲怪笑起來，轉頭就往遠處奔跑。

張意的身子像是飛彈，倏地往那兩個小壞腦袋追去。

「站住！」張意陡然大吼。

兩個小壞腦袋愣然停住了腳步，像是一下子還搞不明白為何會聽命於張意。

「哇！他們聽得懂我說話！」張意反倒有些訝異自己這號令如此有用，正興奮著，他那受著雪姑蛛絲控制的右手已揮動七魂，飛快兩斬，兩道紅光乍現，將兩個小壞腦袋的腦袋劈成兩半。

「三十、三十一、三十二……」老金還維持著小童身形，攀在妖車車頭上和硯天希大眼瞪小眼，嘴裡數著伊恩要求的「五分鐘」，聽見後頭水聲，回頭見到張意竄出水面，濕淋淋地踩在空中幾張黃符上，便說：「這麼快？宰了幾個？」

「兩個。」伊恩答，跟著又問：「張意，現在距離我們最近的小腦袋在哪？」

「那邊。」張意又指了個方向。「三個。」

「老金、安娜……」伊恩這麼開口，立時被老金揮手打斷。

「別廢話，有我看著這裡。」老金哼哼地說：「每一趟多宰幾個，不用緊張兮兮……」

老金話還沒完，張意再次竄進水裡。

明燈在張意身邊撒開一片符陣，那些黃符似乎不受激流影響，四面游竄，貼上往張意聚來的噬人魚群身上，在那些魚兒體外結出薄冰，讓牠們像是石頭般沉下。

七魂裡的老何巨掌在張意一左一右現形，兩隻大掌划水的力道可不下大魚尾鰭，讓張意在水中像是魚雷般飛梭前進，只幾秒，便游竄到二十公尺外張意指向之處。

切月鮮紅閃光再次斬入地板，三刀切出一塊歪斜三角，讓張意連人帶著大水落入底下樓層。

三個小壞腦袋尖聲笑著，四面竄逃，其中兩個被張意揮動七魂，當場斬成兩半，第三個被張意一聲喝停了腳步。

「叫他把洞挖大一點。」伊恩吩咐張意。

「聽到沒，我老大叫你……」張意瞪著那小壞腦袋，指著洩下大水的天花三角破口，對著受到他控制的小壞腦袋大聲下令。「把洞挖大一百倍，讓樓上的水流光！」

那受了控制的小壞腦袋咿呀一聲，想也不想地張開短短的手，將頭頂上天花板那三角破口扯裂更開，讓大水瀑布般洩下。

「師弟，快說下一批位置。」摩魔火小狗似地甩動一身火毛。

張意轉身再指，同時，挺直了七魂刀，再次飛彈似地往他手指方向飛梭竄去，一連斬碎了好幾面小壞腦袋築出的隔水牆，來到了第三處小壞腦袋聚集之處。

那兒有五個小壞腦袋。

「通通給我聽好！」張意此時的模樣，像是個收保護費的小混混般，大聲對眼前那些小壞腦袋下令：「一群小鬼，不准再補我挖的洞了！快幫忙把天花板挖開，讓樓上的水……」

他還沒講完，五個小壞腦袋開始扒開天花板，讓這兒也洩下滾滾大水。

「啊呀，上面──」張意和伊恩，同時驚呼。

張意感到有些小壞腦袋極速逼近妖車；伊恩則是循著雪姑蛛絲，察覺到眾人體內魄質變化，他飛快施術，將張意體內魄質引向妖車，協助眾人抵禦黑夢。

張意的身子竄入五個小壞腦袋扒開的天花板，唰地破水衝出，踩過幾張明燈撒上空中的黃符，躍上一輛碩大拼裝怪車，一刀斬爛怪車，再朝妖車飛蹦而去──

前方，騎在夏又離頸上的硯天希，後背架起一副巨大力骨。

她那抵擋黑夢的帽子沒戴在頭上。

頭上兩隻狐狸耳朵豎得筆直。

她揚起破山大拳，轟隆往那變化成巨虎的老金腦袋轟去。

老金張開虎爪，擋下這驚天一擊。

張意飛箭般竄來，挺著七魂橫攔在老金和硯天希之間。

老金沒吭一聲，揮動虎掌朝張意腦袋扒去——受黑夢控制的不是硯天希，而是老金，有隻小壞腦袋無尾熊似地抱著老金踩在水中的後腿上。

但伊恩早發覺了這一點，已經做好準備，讓張意橫舉七魂，眾將同時現身——霸軍架起重槍、無蹤交叉胳臂、老何張開巨掌，共同托起明燈結出的符陣，像是一面盾牌，紮紮實實擋下老金這凶猛虎掌。

水下，抱著老金大腿的小壞腦袋，則被克拉克三槍打爆腦袋。

張意體內魄質迅速流入老金身體，老金這才頭暈腦脹地回神。

「混蛋伊恩，你自己看！這笨老虎比我還早發瘋，還想打我……」硯天希像是抓到了把柄般一把揪起張意領子，瞪著伊恩斷手獨目，還想開口大罵，但突然眼神呆滯，身子一僵，像是觸電一樣——

水下又有個小壞腦袋抱住了夏又離的腳。

夏又離的兩隻眼瞳，像是故障的鬧鐘般胡亂轉動起來，口齒亂顫幾乎要咬著了舌頭——

一道窄而細的紅光，猶如手術般銳利精準地劈進水中，將那抱著夏又離大腿的小壞腦袋的腦削去一半。

小壞腦袋鬆開了手，夏又離亂轉的眼睛也像是無力的陀螺般緩緩停下，雙膝一軟就要跪倒，被自他後頸滑下的硯天希從背後抱住了腰，伏在他背後微微喘氣——她在夏又離被小壞腦袋抱住大腿的當下，也同時感到腦袋天旋地轉，思緒像是被瞬間抽空後再被強行灌入許多不屬於她的意識，她直到這時，才感受到黑夢那蠻橫威脅的恐怖。

09迷霧竹林

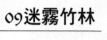

「失手了。」

漆黑的大室中，安迪、艾莫、麗塔和宋醫生，圍坐著一張環形沙發，盯著前方幾面寬闊螢幕，關注著妖車周遭戰況。

邵君獨自坐在吧台前，一手端著酒杯，一手逗弄著吧台後方一個俊美的調酒侍者，在他臉上捏捏摸摸著。

鴉片獨自窩在不遠處一張單人沙發上，盯著小桌上一台平板電腦，畫面也是那妖車戰況。

此時大室裡所有人，都透過懸在牆上的大螢幕或是面前的小螢幕，見到那小壞腦袋從水中突襲夏又離和硯天希，卻被伊恩斬死。

「七魂裡那隻神奇的蛛魔，用蛛絲將張意和每個人的身體連接起來，再使用一種特殊的魄質交換法術，將張意的魄質分享給每一個人，使得他們都擁有了一定的抗黑夢能力……」麗塔盯著螢幕，喃喃地分析戰情，她那一半年輕一半老的臉上神情，像是一個專注的科學研究員。「所以那些小東西沒辦法遠距離施展黑夢控制他們……」

「靠得近了，又會被趕去救援的伊恩打爆腦袋。」邵君呵呵笑著，喝了口酒。

「又被拉走幾個。」宋醫生盯著螢幕，他見到再次遠去的張意，又靠著掌控黑夢的力量，收編了幾個小壞腦袋，讓他們幫忙開洞洩水。

此時張意等人所佇樓層，由於多了幾個小壞腦袋幫忙，增加了洩水量，讓水位開始緩緩下降。

「不要緊。」安迪這麼說：「艾莫應該希望張意多拉走幾個小壞腦袋，別一刀斬死他們。」

艾莫專注凝神地隔空指揮那些小壞腦袋們，他聽安迪那麼說，便緩緩點了點頭。

「我感覺得出來，那些小壞腦袋受到控制時的腦袋力量變化……眞是神奇，那孩子的腦袋和壞腦袋一樣奇妙，有深不見底的研究價值……」

「不過就是個臭俗辣。」鴉片哼了哼。

「但是個有用的臭俗辣。」邵君嘿嘿笑地搭腔。

「如果……」宋醫生端著酒杯，輕酌一口，說：「這小子的腦袋，跟壞腦袋的腦袋合而爲一，會發生什麼事？」

「可能會很美妙，但……」安迪笑了笑說：「也可能會誕生出連我們也控制不了的怪物。」

艾莫和麗塔本來寡言，但聽了宋醫生這麼說，倒像是被勾起了興趣般低聲交談起來，談的都是對張意腦袋的想像和可能性。

鴉片對眾人的對話沒有太大興趣，他握著拳頭，發出喀啦啦的聲音，盯著桌上那小螢幕，像是恨不得將畫面裡的張意生吞活剝——這似乎不足以消弭他的憤怒，他不只一次聲稱要將張意的手指一根根捏爛之後拔去，跟著是他的四肢、骨肉和五臟六腑。

此時鴉片全身上下都有些縫補痕跡，那是他在清泉崗一戰裡受到張意反控制，追殺宋醫生到台中港之後，被安迪徒手撕開的痕跡。

宋醫生事後可花了不少工夫，消耗了不少備用軀體，這才將邵君和鴉片的身體修補治好。

鴉片像是對頸上那條銀色項鍊感到生氣，不停甩頭或是伸指撥弄，項鍊上繫著他過去用以控制黑夢的戒指，以及封印戒指力量的小鎖頭。

此時這兒黑摩組四人，都帶著這樣的項鍊，鎖著戒指或是舌環的小鎖頭開關都呈關閉狀態，令他們無法使用黑夢。這麼一來，他們身處在萬古大樓中的位置和力量變化，也不會被張意反向探知。

同時，那銀色項鍊則具備抵抗黑夢的力量——這一點，更是讓鴉片覺得憤怒極了，本來屬於他的黑夢力量，反而成了敵人對付他的利器，且還要靠著這項鍊來抵擋黑夢，讓他有種強烈的被剝奪感。

「這項鍊，究竟有沒有用吶？」他沉沉地說，伸指在項鍊上輕輕摩挲，像是恨不得將項鍊和鎖頭一齊捏爛。「如果有用的話，我們爲何不自己動手？如果沒用的話，戴著幹嘛？」

「別這樣嘛，又不是要你戴一輩子……」邵君嘿嘿一笑，捏起鎖頭湊在嘴邊輕輕一吻。「等艾莫爺解開壞腦袋第十道鎖，張意對我們就不算是威脅了……」

「安迪、安迪在嗎？」

莫小非的聲音雀躍地從一處擴音器傳來。大室裡其中幾面螢幕，切換成莫小非的視訊畫面。

「黑夢在那堆大竹子上挖出破洞了，臭阿滿師家後面那什麼化胎的力量一定快用完了，我可以進攻了嗎？」莫小非對著視訊畫面擠眉弄眼做著鬼臉，還不時將鏡頭左右拍攝。

她穿著粉紅色的絲絨睡衣站在窗前，在她身後，是張情趣旅館裡慣見的大圓床；大圓床另一側床沿，坐著一個模樣清秀俊美的青年，那青年赤身裸體，身軀各處有著奇異的縫合痕跡，包括四肢——俊美青年的四肢膚色、長短和模樣都十分接近，但倘若仔細觀察，便能夠看出那四肢其實是來自四個不同的主人。

且都是女人。

那修長的女人四肢，令這青年的身材比例比正常亞洲男人更加接近少女漫畫裡的美形男主角。

「書念情形怎麼樣？」安迪盯著畫面裡披頭散髮的莫小非。

「是呀，書念怎麼樣？」邵君賊賊笑地插嘴。「妳喜歡嗎？」

「好討厭喔，你們像是在問兩種不同的問題。」莫小非噗哧一笑，撥了撥頭髮，往大圓床上一撲，摟上周書念的身子，將他的臉與自己湊在一塊兒，一齊對著手機鏡頭。

周書念兩隻眼睛一青一黃，臉上沒有一丁點表情。

莫小非一會兒捏捏周書念的臉頰，一會兒拉拉他耳朵，說：「他現在像是機器人一樣，完全不像是活人，怎麼會這個樣子呢？駱爺的手術是不是出了問題？書念的腦子被搞壞掉了嗎？」

「他的身體裡藏著十四個夜天使，而且是除了長門櫻以外，最頂尖的十四個夜天使。」宋醫生推了推眼鏡說：「本來他至少要花好幾個月的時間，才能使用這種力量，且要花好幾年的時間，才能夠熟練他的力量——那些夜天使不會乖乖聽命於他，他們會日夜在他耳邊說話，讓他崩潰發狂。所以我請艾莫爺在他腦袋裡施下了一道保護層，切斷他一切情感，現在那些夜天使們不論對他說了什麼，都起不了作用。現在的他，只對妳說的話有反應。」

「什麼呀，這樣書念豈不是變成一個殺人機器而已，那跟謝老大他們有什麼分別？這樣好無趣喔。」莫小非失望地說：「而且這兩天別說他了，連我都沒架可以打，書念只能陪著我，這樣我怎麼知道他身體狀況呀。」

「那麼打架以外的狀況，妳給他打幾分？」邵君哼哼笑地插話。

「哎喲，阿君妳無聊啦！」莫小非做了個鬼臉。「他的眼睛、舌頭還有手跟腳都不是他自己的，感覺好奇怪喔，好像一大群人一樣，有夠彆扭的！」

「妳不喜歡，那帶回來送給我好了。」邵君這麼說。

「誰說我不喜歡了，我只是覺得奇怪而已！」莫小非瞪大眼睛。「哎喲，我找你們不是講這個啦！」

她蹦下床，來到窗邊，將手機鏡頭對向遠方，只見底下阿滿師三合院被青綠色的竹子包裹得像是一座巨大的蒙古包。

而這「蒙古包」外側，則包圍著層層黑夢建築，原本三合院周圍竹林和坡地，甚至是三合院外那半月池都已被黑夢建築吞沒。

此時三合院外埕空地上停著幾輛融合了多種工程機械的巨大機械，伸著一支支怪手、破壞鉗、打地機等巨大金屬臂，集中破壞著三合院正門位置的青竹壁。

這狀似蒙古包狀的青竹壁，是阿滿師三合院後方那化胎土堆的力量凝成的堅牆，不僅厚達數十公分、堅韌如同鋼牆，還能快速修補受損之處，且在阿彌爺爺的針陣加持下，使得黑夢之力難以滲入。

莫小非手下那些搴架組成員，以及鬼虎等前竹南組成員，指揮著那些黑夢造出的巨大工程機械，日夜集中力量從外側破壞青竹壁，終於掘出一處破口——

那破口僅能容一人矮身擠過，破口後方就是三合院那緊閉木門，破口周圍還不停竄出新竹枝，彼此糾纏、飛快繞長成薄薄的新壁。破口旁幾具巨大破壞剪，不停剪斷、破壞那些生出的竹枝。

莫小非這兩日都待在鄰近黑夢建築怪樓裡，居高臨下地監督作戰。說是監督作戰，其實更像監工。安迪不許她躁進、要她穩紮穩打，那青竹壁不破，她什麼事也沒得做，只能成天與周書念在黑夢樓房裡談情玩耍、打發時間。

「早知道我就把老師跟師母帶來啦。」莫小非氣呼呼地說：「還有那個王小華、李大年什麼的，還有那個臭警察、臭鄰居跟臭老頭子……」

莫小非利用黑夢力量，從數百萬俘虜活人中，找出過去與她結怨、或是看不順眼的人，將他們全部囚禁在萬古大樓自家華麗宮殿裡的附設小牢房裡，她閒暇無事就會逛逛那些牢房，想些稀奇古怪的花樣招待那些玩物。

「啊！」莫小非突然驚呼一聲，再次將手機鏡頭對準了底下那青竹蒙古包，只見那青竹壁上的破口喀啦啦被兩具巨大破壞鉗拉扯得更開——那青竹壁恢復癒合的速度，已經逐漸跟不上這些黑夢工程機械破壞的速度了。

「安迪，你看。」莫小非說：「他們的結界力量快用完了吧，我可以進攻了嗎？」

「我本來以爲那結界應該可以撐得更久一些。」安迪想了想，說：「畢竟我們現在能夠送去妳那兒的黑夢力量十分有限……」

「是啊。」宋醫生輕啜口紅酒，說：「那地方聚集了幾百人，外加千把囚魂傘，再加上何孟超跟魏云坐鎮，應該可以撐得更久才對……」

「你覺得何孟超那死胖子想使詐騙我進去？」莫小非說：「那我派鬼虎或是謝老大他們，帶著鬼眼蟲進去可以了吧，至少偷看一下他們究竟在搞什麼花樣。」

「這主意倒是不錯。」安迪點點頭說：「小非，妳懂事了。」

「什麼啊！」莫小非哈哈大笑：「安迪，我懂事很久了，是你們一直把我當笨蛋，哼！你們給我看好，我莫小非大統領的御兵之道！」

莫小非這麼說完，立刻跺了跺腳，在她面前那黑夢建築劇烈變化起來，外牆像是自動門般向兩側破開，同時長出一條寬闊斜道，往底下三合院外埕空地鋪去。

同時，莫小非身上那粉紅色絲絨睡衣變化緊縮，且色澤加深，變成一身艷紅色緊身衣，且披覆上層層華美銀色鎧甲，還揚起一片金色披風。

莫小非身前立起一匹黑影駿馬，駿馬身上也披覆著銀色鎧甲，她飛身上馬，姿態英挺，像是個西洋女將軍。

自後走來的周書念，則被莫小非使用影術套上一身雪白鎧甲，還戴上一頂豎著一根白羽的大頭盔，背後拖著一襲雪白披風。

「來來，書念，上來。」莫小非拍了拍馬背，吆喝書念上馬自背後環抱著她。

莫小非駕著那黑影大馬踩過斜梯，來到三合院那外埕空地上，對著迎來的鬼虎說：「洞夠大了，我要你們進去探探情形。」

「是……」鬼虎點點頭，望了那青竹壁後的三合院木門，說：「不過……不如讓謝老大他們進去。」

「你跟謝老大都要去。」莫小非瞪大眼睛說：「拏袈組那些笨蛋不懂得指揮鬼眼蟲，我要你們把裡面一舉一動都摸得一清二楚；我會在外面看，安迪他們也同時看著，你可別丟臉喲。」

「是……」鬼虎等前竹南組成員是主動投誠黑摩組，而不像謝老大那拏袈組一樣遭到洗腦。他神智清楚，知道這三合院裡聚著數百名協會成員和各路異能者，且還有協會四大主管之一的何孟超坐鎮，外加阿滿師及千把囚魂傘，倘若沒有黑夢力量支援，可危險極了。但莫小非當面下令，他絕不敢忤逆，只好將小美、倪近鐵等前竹南組手下全召集到了面前，施術在每人頭頂上方都擺了隻鬼眼蟲。

這些鬼眼蟲猶如即時攝影設備，能夠將瞧見的畫面，全映在經過施術的水面上——莫小非操使黑夢，在外埕空地上造出一座小亭子，小亭子裡擺著一張大椅。

她拉著周書念躍下大馬，走近那亭子，坐入大椅，又嫌全身鎧甲卡著椅子不舒服，便再換上一身輕便絲絨連身長裙，變回那看戲的小公主；但周書念倒是仍然維持那將軍模樣，一動也不動地佇在莫小非大椅旁，像是個忠誠侍衛。

莫小非見周書念此時姿態雖然英挺俊美，但似乎少了點什麼，她思索半晌，替周書念腰間變出一把鑲滿寶石的長劍，這才覺得順眼許多。

同時，她在身邊立起幾面大鏡，那鏡面微微波動，竟是水面——上頭便映著一幕幕前方鬼虎擺在手下腦袋上那些鬼眼蟲攝得的畫面。

鬼虎替謝老大等拏架組成員，也擺上了鬼眼蟲，苦著臉和幾個神智清楚的手下相望幾眼，硬著頭皮走進青竹壁上的破口。

「謝老大、影魅，跟鬼虎進去。」莫小非窩在小亭柔軟椅子裡，蹺著腿下令。「聽我指揮怎麼做。」那些鬼眼蟲不但能將看見的畫面投射在莫小非面前的大水鏡上，也能將莫小非的命令帶給眾人。

青竹壁和三合院圍牆只間隔不到一公尺，鬼虎這十餘人全進了青竹壁，只能在牆邊站成長長一排。

此時三合院圍牆後也聳立著密密麻麻的青竹，幾乎頂著外側青竹壁的頂端，使他們無法攀壁翻入三合院內。

鬼虎伸手按了按紅色木門，立刻縮回手來，一臉驚訝地盯著那紅色木門上那亮紅手印。

亮紅手印緩緩消褪，又變成原本的木門顏色。

鬼虎的手掌則像是按在燒燙的平底鍋上般出現明顯的灼傷痕跡。

「有夠笨的，亂摸什麼！」莫小非下令。「快想辦法進去。」

「這……」鬼虎莫可奈何，試著在牆邊施術破門。他本擅長結界法術，但他的結界造詣遠不如何孟超，空忙半天，那面紅門仍紋風不動。

「爛死了，眞沒用！」莫小非不悅地下令。「謝老大，換你試試。」

個頭矮小的謝老大，總是一身覆頭斗篷，他一把推開鬼虎，站在那紅色木門前，雙手按上木門。

他雙手按放之處，閃耀起紅色亮光，他就像是將掌心按在燒紅了的炭火上一般，但謝老大神色自若——

他的手，比炭火還燙。

謝老大一身斗篷像是迎風火焰般飄揚起來，他的雙手比木門更紅更亮。

他全身都發出了高熱，像是一團烈火，反焚著那面紅門。

「哇……」鬼虎等前竹南組成員，一個個感受到謝老大發出的高溫而緩緩退遠。

整面木門轟隆隆地震動著，門沿周圍石牆喀啦啦地發出裂痕。

「哼！還是謝老大有本事，鬼虎你眞是令我失望。」莫小非哼哼地數落著鬼虎，但這番話在經過了五分鐘後，又被她自己收回——

謝老大甚至摘下了戒指，驅動起更爲炙熱的火焰，將紅色木門燒得如同整塊發光的炭，連同周圍壁面都亮紅一片，更將鬼虎等人熱得退開更遠，卻還是無法推開那紅色木門。

「什麼啊！」莫小非見到謝老大動用了指魔之力，竟然都無法推開紅門，莫可奈何地轉頭對周書念說：「書念，去教那些廢物怎麼開門！」

站在他身旁的周書念，像是一道閃電，在外埕石板地面踏出一片裂痕，竄過青竹壁上破口，竄到謝老大身後，啪啦一聲碎響，右手劈進紅色木門之中。

換上一雙女人長腿的周書念，個頭比矮小的謝老大高出不只一顆頭，他的胳臂直直嵌在木門裡。

謝老大全身仍持續燃動火焰，爆發出高溫，那高溫甚至將周書念身上那銀色鎧甲都燙得紅了。

但周書念鎧甲下的體膚卻像是一點也不畏懼烈火，劈進木門上的胳臂，被烈火高溫燒裂了護臂、燒碎了內襯，露出了滑嫩的女人胳臂。

「謝老大，你退下吧。」莫小非隨口下令。

謝老大這才默默退開，戴回戒指。

周書念抽出右手、抬起左手，一齊按上左右門板，施力推門；那燒得亮紅一片的紅色門板，並未因謝老大的離開而降低溫度，反而更加炙熱。

喀啦、喀啦——

在周書念推動下，兩片亮得如同炭火的紅色門板，開始微微向內凹陷。

周書念腳下的石板，也碎出一條條裂痕。

周書念背後鎧甲，突然隆凸起來，像是有什麼東西要往外頭鑽，下一刻，鎧甲裂開，竄出一條條奇異怪肢。

那些怪肢的前半段，是包括了上下臂及手掌在內的整條人手；後半段，則是交錯疊折的怪異骨節。

這些自他後背竄出的手一共有十隻，分別來自於五個主人。

五個夜天使裡的頂尖好手。

這五雙膚色各異的手，都像是男人的手，在後半段奇異骨肢驅動下，紛紛按上門板。

「現在周書念的腦袋裡，應該鬼哭神號成一片吧。」宋醫生望著莫小非以鬼眼蟲傳回的畫面，說：「他身體裡那些夜天使沒那麼容易服從他，但還是會按照他的意念動作——我們封印住他的情緒和個人意識，他才能像是精密機器般控制十四隻夜天使。」

啪啦一聲巨響，紅色木門後的門栓木終於斷裂，木門緩緩向內敞開。

條條颯颯的聲音自後竄來，鏽蝕的金屬支架蛇似地竄過青竹壁破口、爬過周書念腳邊，在青竹壁破口和紅木門框四周架起支撐框架，像是手術時的撐開器具，或是礦坑隧道裡的鋼梁支架，以防鬼虎等人進入後再次封閉而被截斷了後路。

「鬼虎，還楞什麼，換你上場啦。快帶大家進去，看看何孟超他們躲在裡面玩什麼把戲！」莫小非催促著鬼虎，又說：「書念別進去，留在門邊就好，嘻嘻。」她從其他人頭上的鬼眼蟲畫面，見到鬼虎有些遲疑，便說：「幹嘛，如果門關上了，書念在外頭還能替你們開門呢，你對我的命令有什麼不滿？」

「不……」鬼虎搖搖頭，領著前竹南組成員和謝老大等傘架組人馬，跨過紅門，進入三合院內埕。

「安迪，我這樣夠小心吧。」莫小非呵呵笑地望著手機。

「很好。」安迪微笑回答。「保持下去。」

青竹壁內，紅木門前，周書念一動也不動地站著，他背後十隻手收回背裡，外觀上便只是十個碗口大小的暗紅色疤跡。

紅木門後，是一片奇異竹林。

那竹林空間遠遠超過原本的三合院內埕空地大小，令鬼虎、謝老大等人彷彿像是置身在野外。

竹林裡濃霧瀰漫，只能隱約見到在很遠的地方，似乎有三合院那左右護龍。

「哇！」莫小非從椅子上挺直身子，讓自己更靠近幾面巨大水鏡，她驚訝地說：「何孟超這胖子竟然把阿滿師三合院改造成這個樣子！」

「何孟超的結界不是白色的嗎？」邵君在吧台前，見了螢幕上的鬼眼蟲畫面，不解地問。

「那裡除了何孟超、魏云、宜蘭的穆婆婆之外，也聚著不少能人異士。」安迪這麼說：「那不是何孟超一個人的結界，而是一群被逼到絕境的困獸，聯手打造出來的結界。」

「困獸咧！」莫小非聽見安迪說話，笑著說：「好可怕喲，好怕困獸咬我一口喲。

不過呢，我會乖乖聽安迪的話，穩紮穩打，才不會輕易進去讓他們咬咧。小非乖不乖呀，安迪！」

「乖。」安迪點點頭。

「小美注意左邊、近鐵注意右邊……」鬼虎臉色凝重地指揮著幾個手下，領著眾人往前方三合院正身建築走去。

「怎麼不讓謝老大他們打前鋒？」倪近鐵湊近鬼虎身邊，低聲問。

「別問了。」鬼虎皺著眉，翻了翻眼，示意倪近鐵別忘了頭頂上那鬼眼蟲能將他們的說話聲音都傳給莫小非。

「給我打起精神來呀！」莫小非哼哼地說：「死氣沉沉地，我是派你們去探路，又不是要你們去送死。就算我真的要你們去送死，你們也要乖乖死，懂嗎？」

「是……」鬼虎應了一聲，對倪近鐵和小美使了個眼色，示意他們別再多話，領著一票前竹南組手下，往三合院護龍走去。

「死雜種屌的！」阿滿師的聲音在竹林中迴盪起來。「你們有種就繼續往前走，來一個俺殺一個，來兩個俺殺一雙！」

阿滿師剛說完，一陣不知哪兒來的大風颳過整片竹林，落下如雨般的竹葉，同時四周漫起更濃密的霧氣，將整片竹林連同三合院都染得灰白迷濛，目難視物。

「裝神弄鬼耶臭阿滿師！」莫小非佇在巨大水鏡前，持續將黑夢力量往三合院裡送；無數腐鏽黑夢金屬支架彷如鬼爪，四處扒抓探找，將一枚枚插在三合院土堆中、牆角旁、屋瓦下的「針」，全啪啦啦地捏斷。

莫小非哼哼笑著說：「看看是你們這些『困獸』厲害，還是我的黑夢厲害。」

《日落後長篇11》完

After Sun Goes Down

日落後

下集預告

妖車突擊隊持續向上推進，逐漸逼近萬古大樓頂，等著他們的，是等待許久的黑摩組及王寶年，連同各路四指殺手和萬把王家傘。在日落時分，最終決戰一觸即發──

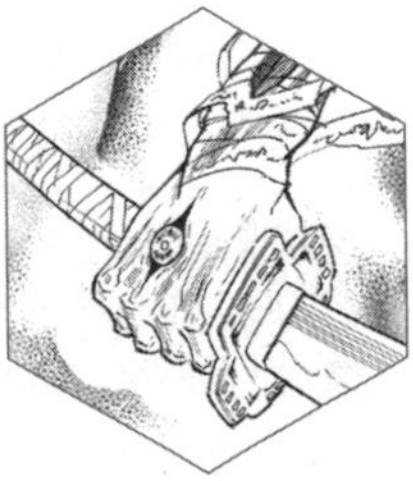

日落後 / 星子著. -- 初版. -- 臺北市 : 蓋亞文化, 2016.11
冊； 公分. --（悅讀館）

ISBN 978-986-319-236-7（第11冊 : 平裝）

857.7 105004168

悅讀館 RE345

日落後 長篇 11

作者／星子（teensy）
插畫／BARZ
封面設計／克里斯
出版／蓋亞文化有限公司
地址◎台北市103赤峰街41巷7號1樓
電話◎（02）25585438 傳真◎（02）25585439
網址◎http://gaeabooks.pixnet.net/blog
粉絲團◎https://www.facebook.com/Gaeabooks
電子信箱◎gaea@gaeabooks.com.tw
投稿信箱◎editor@gaeabooks.com.tw
郵撥帳號◎19769541 戶名：蓋亞文化有限公司
法律顧問／宇達經貿法律事務所
總經銷／聯合發行股份有限公司
地址◎新北市新店區寶橋路二三五巷六弄六號二樓
電話◎（02）29178022 傳真◎（02）29156275
港澳地區／一代匯集
電話◎（852）27838102 傳真◎（852）23960050
地址◎九龍旺角塘尾道64號龍駒企業大廈10樓B&D室
初版一刷／2016年11月
特價／新台幣 220 元
Printed in Taiwan

ISBN／978-986-319-236-7

RE345
GAEA

After Sun Goes Down

日落後 長篇11

蓋亞文化　讀者迴響

感謝您在茫茫書海中選擇了蓋亞，您的支持是我們最大的動力。
不要缺席喔，讓我們一起乘著夢想的羽翼，穿越時空遨遊天地！

姓名：　性別：□男□女　出生日期：　年　月　日	
聯絡電話：　手機：	
學歷：□小學□國中□高中□大學□研究所　職業：	
E-mail：　（請正確填寫）	
通訊地址：□□□	
本書購自：　縣市　書店	
何處得知本書消息：□逛書店□親友推薦□DM廣告□網路□雜誌報導	
是否購買過蓋亞其他書籍：□是，書名：　□否，首次購買	
購買本書的動機是：□封面很吸引人□書名取得很讚□喜歡作者□價格便宜□其他	
是否參加過蓋亞所舉辦的活動： □有，參加過　場　□無，因爲	
喜歡出版社製作什麼樣的贈品： □書卡□文具用品□衣服□作者簽名□海報□無所謂□其他：	
您對本書的意見： ◎內容／□滿意□尚可□待改進　◎編輯／□滿意□尚可□待改進 ◎封面設計／□滿意□尚可□待改進　◎定價／□滿意□尚可□待改進	
推薦好友，讓他們一起分享出版訊息，享有購書優惠 1.姓名：　e-mail： 2.姓名：　e-mail：	
其他建議：	

◎請沿虛線剪開、對摺、裝訂後寄出

廣告回信　郵資免付
台北郵局登記證
台北廣字第675號

蓋亞文化有限公司　收

103 台北市赤峰街41巷7號1樓

GAEA

GAEA